청소년
거침없이
글쓰기

청소년 거침없이 글쓰기 실전

김주환 지음

우리학교

글쓰기는 재능의 문제일까요?

    글쓰기는 재능이 있어야 한다고 생각하는 사람들이 많습니다. 훌륭한 작가들은 천부적인 재능을 타고난 사람들이기 때문에 글을 잘 쓰지만 보통 사람들은 그러한 재능이 없기 때문에 잘 쓰기 어렵다는 것입니다. 청소년의 대부분은 자신이 글쓰기에 재능이 없다고 생각하여 글쓰기를 부담스럽고 힘든 일로 여깁니다.

    글쓰기가 재능의 문제라고 생각하는 것은 두 가지 점에서 좋지 않은 영향을 미칩니다. 먼저 훌륭한 작가들이 글쓰기에 기울이는 시간과 노력의 가치를 가볍게 여기게 됩니다. 작가들은 글을 쓰기 위하여 엄청난 자료 조사를 하고 주제를 깊이 있게 탐구하며 철저하게 계획을 세우고 초고를 씁니다. 그리고 며칠을 두고 초고를 읽으면서 문제점이 없는지 살피고, 문제가 발견되면 다시 자료 조사를 하면서 고치고 수정을 합니다. 이런 과정을 끝도 없이 반복한 뒤에 드디어 작가들은 한 편의 글을 완성하는 것입니다.

재능이 있어야 글을 잘 쓸 수 있다는 생각은 또한 글쓰기 경험이 부족한 사람들의 노력을 무의미하게 만듭니다. 만일 여러분이 글쓰기가 힘들고 어렵게 느껴진다면 그것은 글을 써 본 경험이 많지 않거나 글쓰기에 대해서 공부한 적이 별로 없기 때문입니다. 고기도 먹어 본 사람이 잘 먹는다는 말이 있듯이, 글쓰기도 써 본 사람이 잘 쓰기 마련입니다. '나는 글쓰기에 재능이 없어.'라고 생각한다면 글을 잘 쓰기 위한 노력을 할 필요조차 없게 되는 것이죠.

여러분은 아니 우리 모두는 누구나 작가입니다. 매일 SNS를 통해서 혹은 다른 전자 매체를 통해서 수많은 메시지를 주고받습니다. 개중에는 아주 짧은 문자도 있지만, 좀 긴 글도 있습니다. 내가 쓴 글에 상대방이 감동을 받기도 하지만 내 의도와 달리 해석해서 오해가 생기는 경우도 적지 않습니다. 내가 쓴 글이 상대방에게 잘 이해될 뿐만 아니라 감동도 줄 수 있다면 우리의 삶은 더욱 행복해질 것입니다. 여러분이 상대방에게 자신의 마음을 표현하기 위해서 어떤 이모티콘을 선택할지 고민하고 있다면 여러분은 이미 작가의 대열에 들어선 것입니다.

여러분은 매일 수백 편의 글을 쓰는 작가입니다. 여러분의 메시지가 상대방에게 긍정적인 느낌으로 받아들여지길 원한다면, 또는 학교 과제와 같이 특별한 목적이 있는 글쓰기에서 좋은 능력을 보이기를 원한다면 "글쓰기는 재능이다."라는 말이 아니라 "글쓰기는 노력이다."라는 말에 귀를 기울이는 것이 좋습니다. '글쓰기에 대해서도 배울 것이 있다.'고 생각하고 꾸준히 글쓰기에 대한 지식과 경험을 쌓는다면 머지않아 여러분도 자신에게 '글쓰기의 재능'이 있다는 것을 알게 될 것입니다.

이 책은 『학생글로 배우는 글쓰기』의 청소년판입니다. 글쓰기를 배우고자 하는 청소년을 대상으로 하고 있지요. 이 책에는 여러분과 같은 중학생, 고등학생의 글(가끔은 대학생의 글도 있지요.)이 풍부하게 실려 있기 때문에 여러분 또래들이 글을 쓸 때 어떤 어려움을 겪는지, 어떻게 그것을 극복할 수 있는지를 쉽게 알 수 있습니다. '전략' 편에서는 한 편의 글을 쓰는 과정에서 어떤 전략을 사용하는 것이 효과적인지 소개하였고, '실전' 편에서는 시, 수필, 소설, 설명글, 설득글 등 다양한 갈래의 글쓰기 방법을 소개하였습니다.

글쓰기, 이제 함께 노력해 볼까요?

2016년 8월

김주환

차례

글쓰기는 재능의 문제일까요? 4

1

내 눈에
비친 세상

시 쓰기

시란 마음속에 떠오르는 느낌이나 생각을
짧게 표현한 글이다.

　표준국어대사전에서는 시를 "문학의 한 장르. 자연이나 인생에 대하여 일어나는 감흥과 사상 따위를 함축적이고 운율적인 언어로 표현한 글이다."라고 정의하고 있습니다. 그러나 '함축적이고 운율적인 언어로 표현한 글'로만 시를 정의하게 되면 시 읽기나 시 쓰기는 어려운 일이 됩니다. 교과서의 시 읽기에서 학생들은 그 '함축적' 의미를 찾느라 힘들어하고 있지요. 결국 대부분의 시 읽기는 여러분이 자유롭게 상상력을 발휘하는 것이 아니라 비평가들의 해석을 일방적으로 전달받는 것으로 끝납니다. 이런 시 읽기는 몹시 힘들고 어려운 일입니다. 그런데 거기에서 더 나아가 시인이 될 것도 아닌데 왜 여러분이 시까지 써야 하는 걸까요?

　시를 '함축적이고 운율적인 언어로 표현한 글'로 정의하는 것은 시에 대한 특정한 관점을 나타낸 것이지 모든 시가 그런 것은 아닙니다. 시에 대한 정의를 소박하게 '마음속에 떠오르는 느낌이나 생각을 짧게 표현한 글'로 받아들이면 시를 읽거나 쓰는 일은 더 이상 힘들고 어려운 일이 아니라 흥미로운 일이 될 수 있습니다.

유명한 시인이 쓴 어려운 시만 시가 아니고 보통 사람들이 쓴 짧은 글도 시가 될 수 있습니다. 요즘 인터넷을 달구고 있는 시인들의 작품을 보면, 시란 결국 마음속에 떠오르는 느낌이나 생각을 짧게 표현해 재미와 감동을 주는 글이라는 것을 알 수 있지요. 우리가 잘 알고 있는 고려가요는 본디 서민들이 즐기던 노래였습니다. 시를 시인이나 비평가들만이 쓰고 해석하는 글이 아니라 평범한 사람들의 노랫말과도 같은 것이라고 생각해 보세요. 그러면 시 읽기나 시 쓰기는 우리의 일상을 한층 풍요롭게 해 주는 일임을 알 수 있답니다.

4B연필

장재경(도봉고 1)

실수해서 자꾸 떨어뜨린
4B연필
그 실수 덕에 깎아 쓸 때마다
쓰지도 못하고 심이 부러진다.

겉은 멀쩡한데……,

나도 지금은 멀쩡해 보이지만

나중에 날 쓰려고 하면

자꾸 부러지지 않을까?

이 학생은 연필을 자주 떨어뜨린 탓에 깎아 쓸 때마다 심이 부러지는 것을 보면서 안타까워합니다. 나아가 이 학생은 실수를 자주 하는 자신의 운명이 4B연필과 같지 않을까 걱정하고 있습니다. 자신의 불안한 미래를 4B연필에 비유했다는 점에서 보면 '함축적인 표현'을 사용한 시라고 할 수 있을 겁니다. 그러나 이 학생이 '청소년들의 불안한 미래를 4B연필을 통해서 함축적으로 표현하겠다.'라고 생각하면서 이 시를 쓰지는 않았겠지요. 자주 부러지는 4B연필을 보면서 떠오르는 자신의 생각을 충실하게 표현하다 보니 비유적인 표현으로 나타난 것일 뿐입니다. 따라서 시 쓰기에서 굳이 '함축적이고 운율적인 언어'를 강조할 필요는 없습니다. 언어란 본디 함축적이기 때문에 말하는 이 자신이 세상을 살아가면서 마음속에 일렁이는 '문제'를 감지하고, 이를 남이 이해할 수 있도록 '표현'하는 데 초점을 두는 것이 바람직합니다.

앞의 시에서 이 학생은 실수를 해서 떨어뜨린 탓에 자꾸 부러지는 4B연필을 보면서 '문제'를 느끼고 알게 됩니다. 자신의 실수 때문에 세상에 나와서 제대로 쓰여 보지 못한 연필심이 안타까운 것이지요. 더 나아가 이런 실수가 쌓여서 자신의 삶 또한 제대로 피어 보지 못하고 부러지는 것이나 아닌지 걱정스러운 것이고요. 말하는 이 자신의 경험에서 느끼고 알게 된 '문제'를 잘 드러내어 남들이 이해할 수 있도록 '표현'했기 때문에 읽는 이의 공감을 이끌어 내는 시가 되었습니다.

지우개

이성덕(도봉고 1)

늬들은 지우개 다 있지?
근데
깊이 생각이나 해 봤냐?

지 몸 다 없어지도록

늬들 아무 데나
낙서할 때
누가 없애 주냐?

늬들 심심할 때

몸 쪼개서

누가 날아다니냐?

늬들 이름 새길 때

몸 파고 쪼개서

누가 이름 만들어 주냐?

근데

늬들 부모님 생각은 하냐?

근데 왜

지우개 생각은 안 하냐?

    학생들은 교실에서 지우개로 다양한 장난을 합니다. 지우개 따먹기
도 하고 지우개로 이름을 조각하기도 합니다. 간혹 수업 시간에 지우개
를 쪼개서 던지는 학생들 때문에 수업을 방해받기도 합니다. 이 시는 학
생들이 지우개를 쪼개서 노는 것을 보면서 마음속에 일어나는 생각을 표
현했습니다. 지우개를 갖고 노는 학생들이 아니라 지우개의 입장에서
학생들의 행동을 생각해 본 것입니다. 그런데 지우개가 몸을 파고 쪼개
서 이름을 만들어 주는 일에 대해서 이야기하다 보니 부모님 생각이 났

나 봅니다. 좀 생뚱맞지만 지우개의 헌신적인 모습과 부모님의 헌신적인 모습이 겹치기 때문에 별로 어색하지 않고 오히려 의미가 더욱 넓어지는 결과를 낳았습니다.

이 학생의 글에서도 비유적 표현을 발견할 수 있습니다. 이러한 비유적 표현은 말하는 이 자신의 생각을 넓히는 데 도움을 줍니다. 우리의 뇌는 항상 이곳과 저곳을 연결함으로써 정보를 넓히고 발전시킵니다. 이러한 사고의 특성을 잘 표현해 주는 것이 비유적인 표현이고요. 그러므로 비유적 표현은 다양한 정보들의 네트워크로 이루어진 사고의 특징을 나타낸 겁니다. 따라서 억지로 비유를 만들기 위해서 애를 쓰지 않아도 됩니다. 말하는 이 자신의 마음속에 맺힌 생각과 느낌을 충실하게 표현하게 되면, 그것이 비유로 표현될 수도 있고 다른 방식으로 표현될 수도 있습니다.

음악 시간 때 있었던 일

김정임(성내중 l)

음악 시간 때의 일이었다.
책을 들고 노래를 부르고 있는데
선생님께서 나에게 다가오시더니
내가 하는 노래를 듣고선

음정이 틀리다고 말씀하셨다.

나는 그때 당황했다.

아직까지 음정이 무엇인지 모르고

있었기 때문이다.

나는 이 일이 있은 후부터

음악 선생님이 싫어졌다.

나는 음정이 무엇인지도 모르는데

선생님은 무조건 음정이 틀리다고

말씀하셨기 때문이다.

그 다음 음악 시간에도 선생님께서는

나에게 다가오시더니 또 음정이

틀리다고 말씀하셨다.

나는 이때 선생님이 정말 싫었다.

노래도 부르지 않았는데 음정이 틀리다고

하셨기 때문이다.

이 시는 말하는 이의 마음속에 일고 있었던 '분노'를 다른 사람이 이해할 수 있도록 '설명'하고 있습니다. 말하는 이는 자신의 감정을 직접적으로 표현하고, 그 이유 또한 반복해서 자세히 설명하고 있기 때문에 '함축적 표현'을 사용한 시라고 하기는 어렵습니다. 그런데 사건이 일어난 이후 제법 시간이 흘렀음에도 말하는 이가 그때의 상황을 아직도 기억하고 있습니다. 이 사건이 말하는 이의 마음속에 큰 상처로 남아 있기 때문입니다. 말하는 이는 자신이 느꼈던 분노를 다른 사람들이 이해하기를 바랐기 때문에 비유적 표현을 사용하지 않고 직접적으로 표현하고 자세히 설명했습니다. 그리고 그렇게 표현함으로써 읽는 이들도 말하는 이의 상황과 감정을 잘 이해할 수 있습니다. 말하는 이 또한 마음속에 맺혔던 분노를 겉으로 드러냄으로써 마음의 위로를 받을 수 있는 기회를 얻게 되었습니다.

허수아비

김혜수(성내중 I)

바람 부는 들녘에
외로운 허수아비
하나가 서 있다.

참새들이 가짜라며
비웃어도
햇빛이 내리쬐고

바람이 불어와도
묵묵히 서 있다.

누더기를 걸치고
빗물만 마셔도
황금빛 낟알 하나
탐내지 않는다.

우리네 세상에도
묵묵한 허수아비
하나 서 있다.

이 학생의 글은 대상을 묘사해서 보여 줄 뿐 어떤 감정 표현도, 주장도 하지 않고 있습니다. 간단한 표현을 통해서 허수아비의 성격을 확실하게 표현하는 것이나 "바람 부는 들녘"의 허수아비를 "우리네 세상"으로 간단히 옮겨 놓음으로써 의미를 넓히고 있지요. 중학교 학생으로서는 매우 놀라운 수준이라고 할 수 있습니다. 이 시는 말하는 이가 세상의 경험에서 얻은 느낌과 생각을 '함축적이고 운율적인 표현'으로 드러냈다는 점에서 매우 시적이라고 할 수 있습니다.

이 시에서 말하는 이가 드러내고자 한 것은 세상에서 '깨달은 것'입니다. 허수아비처럼 청렴하고 헌신적인 인간이 우리 사회에도 있었으면 하는 마음을 표현하고 있습니다. 앞의 학생이 드러내고자 했던 '선생님에 대한 분노'와 비교하면 표현하고자 하는 내용의 성격이 매우 다르다는 것을 알 수 있습니다. 세상에서 깨달은 것을 표현하는 데는 감정의 직접적인 노출이 필요 없기 때문에 객관적인 묘사와 함축적인 표현이 가능했습니다.

반면에 앞의 작품에서 말하는 이는 자신의 경험을 통해서 대상에 대한 '강렬한 분노'를 느끼고 있기 때문에 감정을 직접적으로 나타냈지요. 따라서 어떻게 표현할 것인가 하는 문제는 표현하고자 하는 내용에 따라 달라지는 것이지, 문학적인 표현과 문학적이지 않은 표현이 따로 정해져 있다고 하기는 어렵습니다.

우리는 익숙하던 사물에서 새로운 것을 발견할 때 놀라운 감동을 경험하게 됩니다. 어느 날 길가에 있던 가로수에서 새잎이 돋아나는 것을 발견해도 탄성을 지르고, 해마다 다시 피는 꽃을 보며 새로운 감동을 느끼기도 합니다. 사물만이 아니라 매일 만나는 사람도 어느 날 새로운 옷차림으로 나타나면 놀라게 되고, 그동안 보지 못했던 새로운 표정을 발견해도 이전과 다른 흥미를 느끼게 됩니다. 그러니 우리가 늘 새로운 것을 보고 경험할 수 있다면 얼마나 매일의 삶이 흥미롭고 감동적일까요? 사실 모든 것은 매일매일 달라지고 있습니다. 해마다 피는 봄꽃이 같은 꽃이 아닌 것처럼 어제와 똑같은 오늘은 있을 수 없습니다. 그러나 주변의 사물이나 사람들에 익숙해지면 우리의 눈은 좋지 않은 습관에 젖어 작은 변화를 느끼거나 알지 못하게 됩니다. 그리하여 매일매일의 새로움을 경험하지 못하게 되면 우리의 삶은 그만큼 지치고 약해집니다.

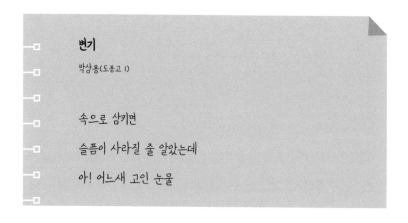

변기

박상용(도봉고 1)

속으로 삼키면

슬픔이 사라질 줄 알았는데

아! 어느새 고인 눈물

이 시는 우리가 늘 보는 변기를 새롭게 뒤집어 보고 있습니다. 변기는 늘 우리가 싸질러 놓은 오물을 삼키고 있기 때문에 변기에 고인 물을 우리는 대부분 더럽다고 생각할 뿐이지요. 그런데 글쓴이는 변기의 물을 '속으로 삼키지만 어느새 고인 눈물'로 보고 있습니다. 글쓴이 덕분에 변기에 대한 우리의 생각은 달라질 겁니다. 변기의 물을 그저 더러운 오물만이 아니라 다른 무엇으로 생각할 수 있는 가능성이 열린 것입니다. 이 시는 변기에 대한 우리의 고정관념을 깨뜨리고 무한히 새로운 생각을 할 수 있는 가능성을 열어 보였습니다. 이처럼 뒤집어 보는 일은 매일매일 우리의 삶을 새롭게 만들어 갈 수 있는 마술이기도 합니다.

태극기

윤성호(도봉고 I)

태극기는 버릇없다.
사천만의 경례를 받아도 인사 한번 안 한다.
멍청한 국민들은 오늘도 태극기에 경례한다.

태극기는 우리나라의 상징입니다. 그래서 우리는 늘 태극기를 보며 경례를 하고 '국기에 대한 맹세'를 합니다. 태극기는 국가와 똑같이 보는 경건하고 위대한 대상입니다. 그런데 이런 태극기를 사람으로 생각하자마자 태극기에 대한 인식은 완전히 달라져 버립니다. 사천만이 경례를 해도 한 번도 인사하지 않는 태극기는 오만하기 짝이 없는 놈이지요. 그리고 그런 싸가지 없는 놈에게 늘 경례를 하는 국민들은 '멍청한' 놈들이고요. 태극기를 사람으로 보는 것은 예의가 없는 짓일까요? 태극기를 사람으로 본다고 해서 예의가 없거나 어리석은 것은 아닐 것입니다. 어리석은 것은 사람도 아닌 태극기에게 그렇게 무조건적으로 충성심을 보이는 '멍청한 국민들'입니다.

겉으로만 봐서 잘 알 수 없는 물건은 속을 뒤집어서 살펴봐야 온전히 알 수 있습니다. 우리가 늘 겉으로만 대하는 것들의 속을 뒤집어 보면 그 속에는 다른 새로운 의미들이 무궁무진하게 드러납니다. 속을 뒤집어 볼 때 오히려 그것의 실체가 온전히 드러난다고 할 수 있습니다. 따라서 뒤집어 보기는 시를 쓰는 하나의 기법만이 아니라 우리가 사물의 실체에 접근하는 하나의 접근법입니다. 우리가 인식할 수 있는 진실은 있는 그 대로의 사실이 아니라 우리의 눈을 통해서 받아들인 불완전한 진실입니다. 따라서 진실을 인식하기 위해서는 사실만이 아니라 사실을 인식하는 우리의 눈이 달라져야 합니다.

쪽지 하나

박설아(장위중 1)

죄송합니다.

집 앞에 똥을 싸서

죄송합니다.

집 안에 들어가 싸려고 했지만

너무 급했습니다.

신문지에 싸여 있다 하여 착각하지 말아 주세요.

이 시는 학생이 지나가다가 본 재미있는 안내문을 그냥 소개한 것이라고 할 수 있습니다. 따라서 말하는 이 자신의 주관적인 느낌과 생각을 표현한 것이 아니라고 할 수도 있습니다. 그러나 말하는 이 자신이 경험한 흥미로운 경험을 소개하여 읽는 이가 경험하도록 했다는 점에서 보면 새로운 형태의 시라고 할 수 있지요. 사실 이러한 형태의 시는 기성 시인의 작품에서도 확인할 수 있습니다. 황지우의 「심인」은 신문의 구인 광고를 시로 변형시켜 새로운 의미를 지어냈습니다.

심인

황지우

김종수 80년 5월 이후 가출

소식 두절 11월 3일 입대 영장 나왔음

귀가 요 아는 분 연락 바람 누나

829-1551

이광필 광필아 모든 것을 묻지 않겠다

돌아와서 이야기하자

어머니가 위독하시다

조순혜 21세 아버지가

기다리니 집으로 속히 돌아오라

내가 잘못했다

나는 쭈그리고 앉아

똥을 눈다

－『새들도 세상을 뜨는구나』, 문학과지성사, 1993

　앞에 나온 학생 시는 황지우의 「심인」을 패러디한 것이라고 할 수 있습니다. 그래도 황지우의 시를 읽고 새로운 상황에 바로 적용한 것을 보면 매우 창의적입니다. 언어란 본질적으로 말놀이라고 할 수 있습니다. 시란, "자연이나 인생에 대하여 일어나는 감흥과 사상 따위를 함축적이고 운율적인 언어로 표현한 글"이라는 고정관념에서 벗어나세요. 시를 마음속에 떠오르는 느낌이나 생각을 짧게 표현한 글로 보거나 말놀이의 하나로 인식하는 겁니다. 그러면 여러분은 시를 통해서 더욱 다양한 생각과 감정을 표현할 수 있을 것입니다. 시 쓰기를 문학 학습을 위한 수단이 아니라 자신의 생각과 감정을 표현하는 수단으로 볼 때 시는 여러분의 감수성과 창의력을 기르는 강력한 무기가 될 수 있습니다.

쓰기연습

1. 다음 시를 읽고 말하는 이의 느낌과 생각을 어떻게 표현했는지 이야기해 보세요.

잉어

옆집 아저씨께서
큰 잉어 한 마리를 가지고 오셨다.
나는 그 잉어를 키우고 싶어서
아빠에게 물어보았다.

"아빠! 나, 저 잉어 키우면 안 돼요?"
"안 돼! 저건 엄마 고아 먹어야 돼."
"왜?"
"엄마 임신했잖아."

안 돼! 나도 안 돼!
저렇게 귀엽고 예쁜데 어떻게 고아 먹어.
'엄만 저런 거 안 먹어.'
안 먹는다 안 먹는다고 생각했다.

"여보! 잉어 다 고왔어요?"

난 그 순간 엄마에 대한

믿음이 와르르 무너져 버렸다.

2. 다음 시들의 내용과 표현 방식을 비교해 보세요.

1등급

나는 제일 비싼 고기다.

알려 드립니다

어제 여기 소나무에

묶어 논 강아지 가져가신 분께

알려 드립니다.

보신용인 줄 알고

드셨다면 죽을 수도 있습니다.

그 개는 광견병으로

버려진 개입니다.

드셨다면 살아 계셨으면 합니다.

드셔서 이상해지셨다면

삼가 고인의 명복을 빕니다.

무서운 사람들

쓰레기 버리면 고발 조치함

낙서하다 걸리면 사망

몰래카메라 작동 중

노상방뇨 시 그것 절단

무서운 사람들… ….

2

나와 세상을 바꾸는
성찰의 힘

생활글 쓰기

생활글 쓰기는 과거에 자신이 겪은 일을
현재적 관점에서 재평가하는 것이다.

언어는 의사소통의 도구이기 때문에 상대방에게 정보와 깨달음을 줍니다. 따라서 좋은 글을 많이 읽는다는 것은 그만큼 좋은 정보와 깨달음을 얻을 기회를 많이 갖는다는 것을 의미하지요. 독서가 '마음의 양식'이라고 하는 이유도 독서에서 얻은 정보와 깨달음을 통해서 우리의 마음이 성장하기 때문입니다. 이러한 글쓰기의 혜택이 읽는 이에게만 미치는 것은 아닙니다. 글을 쓰는 과정에서 글쓴이 또한 스스로 더 정확한 사실을 파악하게 되고, 그 사건의 의미를 다각도로 살펴서 자신의 생각이 좁지는 않은지 스스로 점검하게 됩니다. 글쓰기의 과정은 힘들고 복잡하지만 그 과정을 통해서 글쓴이 자신이 세상과 삶에 대해 보다 깊이 성찰하게 되는 것입니다.

모든 글쓰기가 다 그렇지만 특히 생활글은 자신이 겪었던 일을 바탕으로 쓰는 글이기 때문에 자신의 삶을 되돌아볼 수 있는 좋은 계기가 됩니다. 자신이 겪은 일을 기록할 때는 있었던 일을 그대로 기록하는 것이 아니라 과거의 사건을 자신이 이해한 대로 기록하게 되고, 현재 상황에서 다시 평가하게 됩니다. 예를 들어, 과거에 엄마가 나에게 만들어 주었던 음식은 그때의 공간과 분위기와 함께 기억됩니다. 지금 그 장면을 떠올리게 되면 엄마에 대한 고마움과 그리움이 새록새록 해집니다. 엄마가 해 주었던 음식은 과거의 사건이지만 엄마에 대한 고마움과 그리운 감정은 당시에 느꼈던 것이라기보다는 현재 글쓴이가 느끼는 감정입니다. 이처럼 생활글 쓰기는 자신이 겪은 일을 떠올리면서 그 사건의 의미를 다시 평가하는 반성의 기회를 제공해 줍니다.

창피하지 않은 나, 사람, 그리고 세상

임숙현(상위중 3)

지하철을 타고서 친구네 집으로 향하는 중이었다. 멍하게 앉아 있는데, 내 옆으로 한 아줌마와 그 아줌마의 아들인 듯한 유치원생 아이가 앉았다. 평소에 시끄럽고 귀찮다며 아이들을 좋아하지 않는 나로서는 그리 반갑지만은 않았다.

역시나 그날도 그 어린 남자아이는 내가 가지고 있던 파일을 자꾸 만지고 쳐다보며 열려고 하는 것이었다. 겉으로는 아무렇지 않은 듯 그냥 그 아이가 하는 대로 지켜보고 있었지만 속으로는 '뭐야, 짜증나게. 사람들도 다 쳐다보고…….. 저 아줌마는 아들이 하는 대로 지켜만 보고 있냐?' 하며 잔뜩 화내고 있었다. 속으로만 투덜투덜거리며 다른 사람들이 나를 쳐다보는 게 싫어 그 아이에겐 아무 관심 없는 듯 가방에서 CD플레이어를 꺼내어 귀에 이어폰을 끼고 소리를 키운 뒤 최대한 듣고 있는 음악에 열중하려 했지만 생각만큼 쉽지 않았다.

그도 그럴 것이 옆에 앉아 있던 남자아이가 자꾸 모자를 썼다 벗었다를 반복하고 있었기 때문이다. 결국 내 모든 시선은 그 아이와 아이의 엄마에게로 향하게 됐다. 아예 CD플레이어의 이어폰까지 빼버리고서 아이와 엄마에게 집중을 하였다. 가만히 보고 있으니 그 남자아이 혼자서 모자를 썼다 벗었다 하는 것이 아니라 아이는 모자를 자꾸 벗으려 하는 것이었고, 아이의 엄마는 아이가 모자를 벗으면 다시 씌워 주고 있는 것이었다. 나도 그렇지만 주변에 있던 사람들 역시 왜 저렇게 엄마와 아들이 모자 하나를 가지고서 싸우는 것인지 알 수 없다는 표정이었다.

결국 아이의 엄마는 조금 큰 소리로 "너 빨리 모자 안 쓸래? 창피하게 이러고 어떻게 다니려고?" 하며 아이의 머리를 한 대 쥐어박았다. 엄마의 목소리가 커지자 보지 않고 있던 사람들까지 힐끔거리며 쳐다보았다. 내 옆에 앉아 있었기 때문에 나하고 사람들의 눈이 자꾸 마주치기도 해서 괜히 내가 창피해지기 시작했다. 엄마의 꾸중에, 아이는 엄마가 때린 머리가 아팠는지 머리에 손을 대고 씩씩거리며 화를 냈다. 그러고 나서 "내가 안 창피한데 왜 엄마가 그래? 내가 이렇게 다닐 건데, 나는 안 창피한데 왜 엄마는 창피해? 엄마 나빴어! 엄마가 소리 지르니까 창피한 거잖아." 하며 대답을 했다. 물론 아이가 이렇게 정리해서 말하진 못했지만 충분히 그 아이의 마음이 전해졌다.

아이가 고개를 숙였을 때 나는 아이 머리에 크게 구멍이 난 것을 볼 수 있었다. 말로만 듣던 '땜빵'이라는 것을 바로 눈앞에서 볼 수 있었다. 평소 같으면 깔깔거리며 웃었을지 모르겠지만 내가 웃어 버리면 아이가 혹시나 창피해할까 봐, 그리고 사람들이 쳐다볼까 봐 웃지 못하고 참고 있었다. 결국 엄마는 아이의 말에 "알았어."란 한마디로 대답해 버리고 지하철은 이내 조용해졌다.

아이는 그러고 나서도 계속 내 파일을 만지작거렸지만 아까 만큼 아이의 행동이 신경 쓰이지 않았다. 왜냐하면 아이의 말을 되새기고 있었기 때문이다. 아까 듣던 음악보다 아이의 말이 나에게 더 깊숙이 다가왔었나 보다. 아까는 그렇게 신경 쓰이던 아이의 행동이 이제는 아무렇지도 않았다. '나는 안 창피한데 왜 그러느냐'는 그 말이 정말 맞는 말 같았다. 나는 왜 그동안 나를 창피해 했는지 말이다. 아이처럼, 어떻게 보면 창피해할 수 있는 부분을 밖으로 드러낼 줄은 모르고 억지로 더 숨기고만 있었는지 말이다.

다리에 흉터가 많은 나는 여름에도 밖에 나갈 땐 반바지를 잘 입지 않는 편인데 아이를 만났던 날은 반바지 차림이었다. 그래서 아이 옆에 있던 나까지 사람들이 쳐다보니까 속으로 '사람들이 내 다리를 쳐다보며 흉터가 많다며 흉보고 있진 않을까?' 하며 혼자서 창피해하고 신경 쓰고 있었나 보다. 오히려 그런 내 마음이 나를 내 스스로가 창피하게 만드는 것이란 생각은 못한 채 말이다. 하지만 그 짧은 아이의 말 한마디에 나는 꽤 많은 것을 느꼈고 오랫동안 생각했다.

사람들은 자신의 결점을, 콤플렉스를 누가 알면 어쩌나 하고 숨기고 감추며 창피해한다. 물론 나 역시 그랬었고 말이다. 하지만 앞으론 그러면 안 되겠다는 생각이 들었다. 그리고 자신의 결점이 창피한 게 아니라 그 마음이 창피함을 알게 되었다. 내가 숨기고 창피해할수록 사람들이 더 궁금해 하고 이상하게 생각할 수 있다는 것을 느꼈기 때문이다. 동시에 앞으로 나 자신에게 자신감을 가질 수 있는 사람이 되어야겠다는 생각도 했다.

내가 꿈꾸는 세상은 아이와 같은 생각을 하는 사람이 많은 세상이다. 내가 창피하지 않다고 남에게 피해를 주는 행동은 안 되겠지만 자기 자신에게 당당하고, 결점을 숨기고 창피해하기보단 드러낼 줄 알고 아무렇지 않게 생각할 줄 아는 세상 말이다. 물론 다른 사람들

역시 그 사람에 대해 수군거리고 창피해하지 않는 세상을 꿈꾼다.

자기 자신에게 당당하고 떳떳한 사람이 되면 자신도 다른 사람도 사랑하는 세상이 될 거란 생각이 들었다. 아이와의 만남은 처음엔 '짜증'이었지만 나중엔 '배움'이라는 것을 알 수 있었다. 자신을 숨기기보단 드러낼 줄 아는 그런 나, 그런 사람, 그런 세상이 얼른 되면 좋겠다.

이 글에서 말하는 이는 지하철에서 만난 아이의 이야기를 소개하고 있습니다. 머리에 '땜빵'이 난 아이에게 억지로 모자를 씌워 주려는 엄마한테 "나는 안 창피한데 왜 엄마는 창피해?"라고 하는 아이의 말을 듣고 충격을 받습니다. 왜냐하면 말하는 이 자신도 다리에 흉터가 있는데 자신은 늘 감추려고만 했기 때문이지요. 아이와의 만남을 통해서 말하는 이는 "자신의 결점이 창피한 게 아니라 그 마음이 창피함을" 깨닫게 되었습니다. 그런데 말하는 이의 이러한 깨달음은 당시에도 어느 정도 느꼈을 수 있지만 이 글을 쓰면서 그 의미가 더욱 확실해지고 깊어졌다고 할수 있습니다. 특히 뒷부분에 제시된 "자기 자신에게 당당하고, 결점을 숨기고 창피해하기보단 드러낼 줄 알고 아무렇지 않게 생각할 줄 아는 세상"을 꿈꾼다는 말하는 이의 생각은 이 글을 쓰면서 하게 된 생각이라고 할 수 있습니다.

이 글을 쓴 글쓴이는 과거의 기억 속에서 지하철에서 만난 아이의 이야기를 꺼내서 그 의미를 되새기고 있습니다. 이 사건을 되살릴 수 있었던 것은 그 기억이 글쓴이에게 강력한 인상을 심어 주었기 때문일 것입니다. 하지만 글쓴이가 쓴 사건의 전개 과정은 글쓴이가 재구성한 것이지 실제의 사건 그 자체가 아닙니다. 아이가 했다고 하는 말도 실제 아이가 한 말이라기보다는 글쓴이가 이해한 내용이라고 할 수 있습니다. 이처럼 과거의 사건은 말하는 이가 이해한 대로 기억되고, 그것을 쓰는 과정에서 재구성됩니다. 그리고 그 재구성되는 방향은 과거 사건에 대한 말하는 이의 평가를 중심으로 이루어집니다. 글쓴이는 당시 사건을 '짜증'으로부터 시작해서 '배움'으로 끝났다고 평가했기 때문에 이러한 평가 방향에 맞추어 사건이 재구성된 것이지요. 이러한 평가는 과거의 사건에 대한 글쓴이 자신의 반성의 결과라고 할 수 있습니다.

감사스런 나의 인생
구나영(도봉고 2)

태어나서 몸이 안 좋았다고 엄마한테 들었다. 엄마는 나를 안고 서울대병원에 자주 데리고 다녔고, 나를 돌보느라 아빠는 병원 의자에서 잠을 잤던 탓에 체질이 바뀌었다고 한다.

나의 몸 어디가 안 좋았던 것인지 정확히는 잘 모르겠지만 수술을 받지 않으면 목숨이 위험하다고 의사 선생님한테 들어서 엄마는 수술을 받게 했다. 수술을 받으면 귀가 잘 들리지 않게 된다고 의사 선생님에게서 들었고, 그래도 내 목숨을 구할 수만 있다면 좋겠다는 생각에 내 귀의 불편함은 상관없이 엄마는 나를 구하기 위해 수술을 받게 했다.

그 후 수술을 받고 멀쩡하게 살아 있고, 시간이 지나 점점 자라 어느덧 초등학교 1학년의 나이가 되었을 때 특수학교에 보내려고 했지만 내가 거부하는 바람에 1년 늦게 나를 학교에 보냈다고 한다. 그렇게 해서 학교를 다녔는데 귀가 불편하니 말할 때 발음이 안 좋아서 친구를 못 사귀고 어느새부턴가 왕따를 당하면서 지내게 되었다.

초등학교 내내 쭉 친구 없이 지내왔고 중학교에 왔을 때는 더 심한 편인 채로 쭉 친구가 없었다. 여자애들은 치마를 올리는 장난을 했고 남자들은 그다지 심한 편은 아니었지만 반 친구들의 장난 때문에 자주 학교에 있는 상담실에 들러가며 지냈고, 학교에 가기 싫었던 때가 많았다.

별로 좋은 기억이 없던 중학교 시절을 지내고 고등학교에 와서 1학년 때 처음으로 친구를 사귀게 되었다. 어릴 때 엄마가 나의 수술을 받게 하지 않고, 아빠가 나를 밤낮으로 돌봐 주지 않았더라면 지금의 난 없었을 것이고, 내 인생을 살아오면서 지금까지의 학창 시절 대부분

청소년 거침없이 글쓰기

이 글은 말하는 이가 자기가 태어나서 고등학생이 된 지금까지의 생활 전반에 대해 쓰고 있습니다. 물론 지금까지의 생활 전부를 자세히 기록하기는 어렵기 때문에 친구 사귀는 이야기를 중심으로 재구성했습니다. 말하는 이는 어렸을 때 어떤 수술을 받은 이후로 귀가 잘 들리지 않게 되었고, 그 때문에 발음이 부정확해서 의사소통이 원활하지 못했습니다. 이런 장애를 갖고 있었기 때문에 초등학교와 중학교 내내 왕따를 당하다가 고등학교에 와서 비로소 친구를 사귀게 되었다는 이야기입니다. 고등학교 때까지 이 학생의 삶이 얼마나 고통스럽고 힘들었을지는 충분히 짐작할 수 있는 일입니다. 그럼에도 불구하고 친구를 사귀는 기쁨을 누리게 된 현재 상태를 기준으로 자신의 삶을 다시 평가하고 있습니다. 현재 친구 사귀는 기쁨을 누릴 수 있었기 때문에 험하고 고통스러웠던 자신의 지난 삶 전체가 고마운 인생이 된 것입니다.

이 학생이라고 해서 부모님을 원망해 본 적이 없었을까요? 친구를 사귄 지금의 시간보다 그렇지 못한 시간이 더 길었고, 부모님께 감사한 마음보다는 원망하는 마음이 더 컸을지도 모릅니다. 그럼에도 불구하고 말하는 이는 과거에 자신이 느꼈던 어려움이나 불편함을 모두 잊고, 오직 친구를 사귀게 된 현재의 기쁨 하나로 자신의 삶 전체를 재평가하고 있습니다. 자신의 삶 전체가 새로운 의미로 재구성되는 것입니다. 이러한 감사한 마음은 최근 말하는 이의 마음속에 자리 잡은 감정이라고 할 수 있습니다. 하지만 이 글을 쓰면서 더욱 확실해지고 깊어진 것이라고 할 수 있지요. 이처럼 자기 경험에 대한 글쓰기는 자기 삶에 대한 평가를 바탕으로 재구성되기 때문에 자기반성의 기회를 주고 자기 삶을 발전시키는 데 도움을 줍니다.

쓰기연습

1. 다음 글을 읽고 이 학생이 겪은 일이 무엇인지, 그 경험을 통해서 무엇을 깨달았는지 알아보세요. 그리고 말하는 이가 자신의 깨달음을 어떻게 실천했는지, 그 실천 행위가 얼마나 지속될지에 대해 이야기해 보세요.

할머니와 전화

2009년 12월 23일, 크리스마스를 얼마 안 남기고 TV에서는 크리스마스 특집 프로그램이 한창이었다. 나는 그중에서 '소녀시대의 크리스마스 선물'이라는 프로를 보았다. 채널을 돌리던 중 소녀시대가 나오길래 우연히 멈춘 것이었다. 그런데 그 프로에서는 엉뚱하게 DJ DOC의 이하늘과 그의 할머니 이야기가 흘러나오고 있었다. 그의 할머니는 그가 어렸을 때부터 그와 그의 동생을 키우신 분이었다. 그러나 세월이 흐르면서 이하늘과 할머니의 사이는 자연스레 멀어지고 연락도 뜸해지게 되었다. 그래서 이번 프로그램을 계기로 자신을 길러 준 할머니께 손자로서 고마움을 표하고 다시 어릴 적 친밀했던 사이로 되돌아간다는 것이 줄거리였다.

그 이야기 중 날 잡아끈 것은 이하늘의 할머니께서 손자가 자주 전화를 하지 않는 것을 굉장히 서운하게 생각하신다는 것이었다. "어렸을 때부터 키웠는데……."라고 운을 뗄 때시는 그 할머니의 모습이 순간 내 외할머니의 모습과 겹쳐졌다. 나도 사실 어렸을 때 외할머니께 길러졌기 때문이다. 명절 때야 외갓집에 가서 "할머니, 할머니." 했지만 평소에는 전화 한 통도 하지 않는 나쁜 소녀가 바로 나였다. 지금까지 할머니 앞에서 했던 내 행동들이 위선같이 느껴졌다. 할머니에게 전화 한 통조차 하지 않았던, 할 생각조차 안 했던 나 자신이 너무나 싫었고 할머니에게 죄송스러웠다.

그다음 날 나는 바로 할머니에게 전화를 걸었다. 그리고 내가 왜 전화를 걸었는지를 말씀드리자 할머니는 오히려 내게 고맙다고 하셨다. 그동안 할머니의 전화기는 아무도 전화를 걸지 않아서 있으나 마나 한 것이었는데 너라도 이렇게 걸어 주니까 얼마나 행복한지 모르겠다고 하시는데 나는 아무런 말도 하지 못했다. 그냥 너무 죄송하고 하루에도 몇 번씩 울리지 않는 전화기를 쳐다보셨을 할머니의 모습이 떠올라 나도 모르게 울컥했다.

그 이후로 나는 하루도 빠짐없이 할머니에게 전화를 걸었다. 물론 할머니가 전화를 받지 못하실 때도 있지만 그래도 괜찮았다. 왜냐하면 전화를 받을 때의 할머니 목소리는 항상 행복하게 들리기 때문이다. 나에게 하루 동안 있었던 이야기를 해 주시는 할머니는 마치 들뜬 여고생 같았다. 언젠가 할머니는 나에게 친구 같다는 말을 해 주셨다. 그동안 자신의 이러한 일상을 말할 사람이 없었는데 손녀인 나와의 대화를 통해 할머니의 소소한 일상까지 들어 줄 사람이 생긴 게 너무나 좋다며 웃으셨다. 나는 그동안 얼마나 큰 사랑을 받아 왔던 것일까?

가끔 할머니는 전화하는 게 힘든지 물으시면서 굳이 하지 않아도 된다고 하신다. 하지만 나는 그럴수록 할머니에게 미안해진다. 지금까지 할머니가 나에게 해 주셨던 것에 비하면 지금 내가 하는 전화 한 통은 아무것도 아니기 때문이다. 이것은 내가 받은 것에 대한 극히 일부분을 돌려드리는 것일 뿐인데 이마저도 미안해 하는 할머니의 마음은 내겐 너무나 값진 것이다. 나는 아마 평생 가더라도 이러한 사랑을 갖지는 못할 것을 안다. 하지만 나는 하루에 한 번씩 전화를 하면서 할머니의 손녀로서, 때로는 친구로서 지내면서 내가 받은 사랑을 차근차근 갚아 나갈 것이다. 그것이 내가 할 수 있는 최선이기 때문이다.

3

내가 상상하는 대로
만들어지는 세상

소설 쓰기

완전히 꾸며 낸 이야기가
실제 있었던 이야기보다 더 실제적일 수 있다.

아이나 어른 할 것 없이 누구나 이야기를 좋아합니다. 학생들은 아침에 친구들을 만나면 전날 자신이 겪었던 일이나 TV에서 본 것들을 이야기하느라 소란스럽습니다. 우리는 매일 다양한 이야기들을 듣고 또 자신이 겪은 이야기, 상상한 이야기들을 나누며 살아갑니다. 이처럼 우리의 일상은 이야기로 채워져 있고, 우리는 이야기를 즐기면서 살아갑니다. 어떤 학자는 인간이 이야기를 즐기는 것은 우리가 세상을 이해하는 하나의 방식이기 때문이라고 했습니다.

어쨌거나 일상생활 속에서 우리가 늘 주고받는 이야기가 바로 소설의 밑바탕입니다. 소설은 전문가만이 쓰는 글이라고 생각하기 쉽습니다. 하지만 전문 작가들의 소설도 결국은 그들이 경험한 이야기나 상상한 이야기라는 점에서 우리들의 이야기와 다를 바가 없습니다. 다만 전문 작가들은 이야기로 먹고사는 사람들이기 때문에 더 많은 사람들이 공감할 만한 새로운 이야기를 찾아서 읽는 이에게 들려주려고 노력하는 것일 뿐입니다.

소설이란 우리의 삶과 거리가 먼 이야기가 아니라 우리가 늘 나누고 즐기는 이야기라고 생각하면 소설 쓰기에 좀 더 쉽게 접근할 수 있을 것입니다. 그렇다면 우리가 매일 경험하는 이야기들을 글로 적어도 소설이 되는 것일까요? 전문 작가의 소설 중에서도 자신의 체험을 바탕으로 쓴 것들이 많기 때문에 자신이 겪은 이야기를 쓰는 것도 충분히 소설이 될 수 있습니다. 겪었던 이야기는 자신이 실제로 경험한 것이기 때문에 사건의 전개 과정을 잘 알고 있을 뿐만 아니라 세부 사건들도 자세히 묘사할 수 있으니까요. 따라서 처음 소설을 쓴다면 겪었던 이야기를 쓰는 것이 훨씬 쉬울 것입니다. 그러나 겪었던 이야기라고 해서 실제 있었던 그대로 쓸 필요는 없습니다. 있었던 사실을 바탕으로 하되, 좀 더 재미있게 꾸미거나 새로운 관점에서 재구성하는 것이 효과적입니다.

김초국 이야기

차지원(강위중 1)

6학년이 되고 나서 학교생활에 익숙해질 무렵, 나의 반인 6학년 3반에 김초국이라는 애가 있었다. 공부 시간에는 매번 조용히 하였고 공부도 잘하는 편이어서 선생님들에게 이쁨을 많이 받았다. 하지만 어느 한 사건이 있은 뒤부터 우리 반인 6학년 3반 아이들은 조금씩 김초국이라는 아이를 싫어하게 되었다.

그 사건이 일어나기 전 우리 반에는 한 가지 규칙이 있었다. 바로 욕을 하면 A4 용지에다가 빽빽이 자기가 욕을 한 것을 쓰고 잘못하여 다시는 그러지 않겠다는 글을 써야 했다. 물론 나도 한 번 씨발이라고 욕을 하다가 걸려서 고생을 한 적이 있다. 내가 이 이야기를 한 이유는 이 규칙 때문에 김초국이라는 아이가 같은 반 친구들로부터 따돌림을 당하기 시작하였기 때문이다. 사건은 이랬다.

어느 날, 그전처럼 6학년 3반은 활기가 너무 심하게 넘쳤다. 그리고 여자애들은 모여서 얘기를 하다가 가만히 공부를 하고 있던 김초국에게 가서 말을 하였다.

"야! 너 진짜 짜증 난다. 어떻게 맨날 공부만 하고 있냐?"

"아우~~~ 재수 없어."

그러자 조용히 여자애들만 째려보던 김초국이 말을 하였다.

"미친년."

그 한마디로 여자애들은 화가 났지만 금방 선생님께서 들어오셔서 김초국을 째려보다가 모두 자리에 앉았다. 그러나 한 여자아이가 화가 치밀어 올라서 선생님께 말했다.

"선생님, 김초국이 저희들한테 미친년이라고 말했어요."

그러자 아까 김초국을 째려보았던 여자애들과 남자아이들도 한마디씩 하였다.

"선생님, 저도 들었어요!"

한 남자애가 말을 하였고 다른 남자애들도 하나둘씩 말을 하였다.

선생님께서는 처음에는 조용히 하라고 하시다가 아이들이 계속 말을 하니까 애들을 조용히 시키고 말씀하셨다.

"자, 이제 조용히 하고 김초국이 욕했다는 걸 들은 사람은 일어나 봐요."라고 말씀을 하셨다. 여자아이들과 남자아이들은 하나둘씩 일어나기 시작하였다.

반에 반 정도, 약 42명 중에서 20명 정도가 일어났다. 그리고 선생님께서 말씀하시길 "자, 초국이가 욕을 한 걸 들은 사람이 이렇게 많으니 한번 초국이한테 물어보자."라고 하셨다. 그러자 아이들의 시선은 모두 김초국을 향하고 있었다. 그러나 선생님께서는 김초국을 향하는 아이들의 시선을 무시한 채 김초국에게 말하였다.

"초국아, 진짜 친구들에게 미친년이라고 욕했니?"

선생님의 질문에 애들의 시선이 또 한 번 김초국을 향하였다. 그러나 김초국의 대답은 아주 뜻밖이었다.

"아니요. 저는 얘들한테 미친년이라고 욕한 적이 없는데요."

김초국의 대답에 애들의 눈은 더욱더 커졌다. 그리고 아이들은 김초국과 선생님을 번갈아 가며 쳐다보았다. 하지만 선생님의 대답은 뜻밖이었다.

"어, 그래? 초국이가 안 그랬다면 안 그런 거지. 자, 그럼 이번 일은 그냥 넘어가자. 넘어가고, 일단 1교시는 자습들 하고 있어라."

하지만 선생님의 말씀을 듣고 나서는 몇몇의 여자애들과 남자애들이 말을 하였다.

"선생님, 김초국 거짓말하는 거예요!"

"맞아요. 김초국은 분명히 미친년이라고 욕했다고요!"

이곳저곳에서 김초국이 욕을 했다는 말들이 나왔지만 선생님께서는 그 말들을 무시한 채 말씀하셨다.

"초국이가 아니래잖아요! 오늘 일은 여기까지 하고요, 한 번만 더그 소리 하면 앉았다 일어났다 시킬 거니까 조용히 해요."

선생님의 말씀에 애들은 화가 났지만 선생님의 말씀을 가만히 들을 수밖에 없었다. 물론 그 당시 나는 김초국이라는 아이가 욕을 하였는지 하지 않았는지 못 들었기 때문에 애들과 선생님의 말을 가만히 들을 수밖에 없었다. 하지만 반에서 들은 아이들이 20명이 넘는데 김초국이 아니라고 하는 게 거짓말한 것 같았다.

하지만 나는 내가 이 일에 끼어들게 된다면 불똥이 튈 위험이 있어 가만히 있었다. 그리고 선생님께서는 가만히 있으시면서 40cm 정도의 두께의 매를 칠판에다 여러 번 때리고 나서는 "자, 모두들 조용히 하세요, 조용히! 한 번 더 그런 소리라도 나오면 전체 다 기합입니다!"라고 무섭게 분위기를 지으시면서 말씀하시니까 아이들은 모두 다 억울한 표정으로 조용히 앉아 있었다. 그리고 이 일로 인해 김초국은 아이들의 미움을 받기 시작하였고, 또 하나의 큰 사건이 일어났다.

그 사건이 일어난 때는 서예 시간이었다. 그날은 서예로 미술 점수를 매기는데 선생님은 서예 글씨가 써 있는 프린트를 나눠 주고 먼저 연습을 하라고 하셨다. 선생님은 화선지를 밑에 대고 연습을 하고, 20분 정도 지난 후에 시험을 보신다고 하셨다. 아이들은 미술 점수에 들어간다니 모두 눈에 불을 켜고 열심히 하였다. 그리고 20분이 금방 지나갔고, 이제 선생님께서 교탁에 나오셔서 말씀하셨다.

"자, 모두들 서예 연습 많이 했죠? 이제 시험을 봅시다. 절대 프린트 대지 말고 자기 실력대로 하세요."

선생님의 말씀이 끝나고 애들은 열심히 각자의 화선지에 글씨를 썼다. 몇 분이 지나고 종이 울리자 선생님께서는 "자, 이제 다 썼죠? 5교시 종이 쳤으니까 6교시에 걷을 게요. 자기가 잘못 쓴 것 같으면 다시 한 번 열심히 해 보세요."라고 말씀하시고는 나가셨다. 그런데 문제는 이때부터였다. 쉬는 시간 종이 치고 애들은 너 나 할 것 없이 떠드는데 그때 갑자기 크지도 작지도 않은 여자애의 목소리가 들렸다.

"김초국, 프린트 대고 했지?"

여자아이들의 날카로운 목소리가 들리고 우리 반 아이들은 하나둘씩 그 목소리가 들린 곳으로 구경을 가기 시작하였다. 물론 나도 재미있을 것 같아서 사건 현장에 갔다. 그곳에 가 보니 여자애들이 김초국을 째려보고 있었다. 그러고 나서는 여자아이들과 남자아이들이 김초국이 쓴 글자를 선생님께서 나누어 주신 프린트에 대 보고 있었다. 궁금해서 여자애들에게 무슨 일인지 물어보니 김초국이 쓴 글씨가 너무나 프린트랑 똑같아서 김초국에게 대고 그랬냐고 하니 김초국이 아니라고 거짓말을 해서 그랬다고 하였다. 그래서 나도 궁금해서 김초국이 쓴 화선지를 프린트와 대 보니 붕어빵이었다. 그러나 나는 불덩이가 튀지 않게 가만히 지켜만 보았다. 여자애들은 화가 났는지 김초국이 쓴 글씨가 있는 화선지를 형광등에 대 보면서 말하였다.

"야, 김초국. 너, 이 글씨 프린트에 대고 그렸지?"

이렇게 한 여자애가 말하자 그전에 있던 여자애들도 한두 마디씩 하였다. 하지만 김초국은 눈 하나 깜짝 안 하고 "아니. 나, 프린트 안 대고 했는데."라고 말을 하였다.

결국 여자애들은 화가 났는지 한 여자아이가 김초국이 쓴 글씨가 있는 화선지를 찢고 말았다. 그 순간 반 아이들 모두가 깜짝 놀랐지만 시간이 좀 지나고 나서 아까 모여 있던 여자애들이 한 명씩 김초국이 쓴 글씨가 있는 화선지를 찢기 시작하였다. 그 순간 남자아이들은 약간 당황한 눈빛이었다. 하지만 한 여자아이가 하자 또 다른 여자아이들도 김초국의 글씨가 쓰여 있는 화선지를 찢기 시작하였다. 어느새 김초국의 화선지는 갈기갈기 찢어져 있었다. 그러고는 금방 종이 치고 애들은 모두 자리에 앉았다. 그리고 선생님께서 들어오셔서 말씀을 하셨다.

"자, 열심히 했죠? 이제 뒤에 있는 사람이 걷어 오세요."

그러고 나서 김초국의 화선지를 걷으려는 김초국 줄 맨 뒤 아이가 말을 하였다.

"선생님, 김초국이 쓴 게 없어요."

그러자 선생님이 의아하다는 듯이 김초국에게 물어보았다.

"초국아, 네가 글씨를 쓴 화선지는 어디에 있니?"

그러자 김초국이 아까 여자아이들이 찢었던 화선지를 선생님께 보여 드리면서 말을 하였다.

"선생님, 이렇게 되었어요."

선생님께 그 찢어진 화선지를 내밀며 초국이가 말을 하자 선생님은 찢어진 화선지를 보면서 물었다.

청소년 거침없이 글쓰기

"왜 이렇게 됐니?"

"애들이 찢었어요."

김초국이 그렇게 대답하자 선생님께서는 40cm의 막대기를 칠판에 두드리면서 소리쳤다.

"초국이 화선지를 찢은 사람은 앞으로 다 나와."

선생님의 말씀에 아이들이 몇몇씩 나오기 시작하였다. 그러자 선생님께서 아까 김초국의 화선지를 찢은 애들에게 말을 하였다.

"초국이 화선지를 왜 찢었니?"

앞에 서 있던 여자아이들은 하나같이 얼굴을 숙이고 있었다. 얼마 후 한 여자아이가 무거운 입을 떼며 선생님께 말하였다.

"선생님, 그게요……. 김초국이 선생님이 나눠 주신 서예 연습 시간에 썼던 프린트를요, 오늘 미술 서예 시험 때 김초국이 화선지에 대고 했는데요, 김초국은 자기가 안 썼다고 우겨서 화가 쳐 올라 찢어 버렸어요."

결국 선생님께서는 앞에 서 있던 여자애들 한 명 한 명에게 말을 거셨다. 계속 앞에 서 있던 여자아이들은 선생님의 질문에 얼굴을 숙인 채 대답을 하였다. 그리고 선생님께서는 우리들에게 실망한 눈초리로 말씀하셨다.

"오늘 사건을 들어 보니 여러분들에게 실망이네요. 아무튼 오늘 일은 여기까지 하고요, 앞에 있는 애들은 오늘 학교 끝나고 남으세요. 자, 그럼 수학 책 98쪽 펴세요. 그리고 앞에 있는 아이들은 자기 자리에 앉아요."라고 말씀을 하시고 앞에 있던 아이들은 각자의 자리에 앉았다. 그걸 구경하던 나는 빨리 수학 책을 펴고 있었다. 1시간 후 수업이 끝나고, 어느새 회장이 선생님께 힘차게 "차렷! 경례!" 하고 구령을 외쳤다. 우리는 선생님께 인사를 하였고 아이들은 교실에서 나갔지만 김초국 사건에 궁금증을 얻은 남자아이들은 '김초국 사건 알아보기'라는 특공대를 결성하여 선생님과 김초국, 그리고 앞에 있던 아이들이 있는 학교 3층 상담실을 향해 포복 자세로 가고 있었다.

먼저 가고 있던 아이가 상담실의 문을 살짝 열고 문 사이로 보니 아까 앞에서 혼나고 있던 여자애들은 고개를 숙이고 있었고 김초국은 당당히 고개를 들고 선생님을 쳐다보고 있었다. 그러나 그것도 잠시, 내 뒤에 있었던 아이가 기침을 하였고 선생님께서 문틈을 쳐다보자 우리들은 거의 광속도로 도망을 갔다. 그리고 빠르게 뛰던 우리 특공대원들은 정문 앞까지 갔고, 그제야 안도의 한숨을 쉬었다.

"야! 안 되겠다. 우리 그냥 가자."

"맞아. 다행히 선생님이 눈치는 못 챈 것 같아. 그러니까 그냥 가자."

"그래, 그럼 잘 가라. 안녕!"

그렇게 집으로 돌아갔고 그다음 날 우리 특공대원들은 불안해하면서 말들을 하였다.

"아, 선생님은 우리가 어제 도망간 사실을 모르겠지?"

"아마 그럴 거야. 하지만 좀 불안하네."

그렇게 우리 특공대원들은 선생님이 들어옴과 동시에 자리에 앉기 시작하였다. 그러나 긴장하는 특공대원들과는 달리 선생님께서는 여느 때와 같이 수업에만 열중을 하셨다. 우리 특공대원들은 안심하였고, 그렇게 하루하루가 지나 어느새 졸업식이 다가오고 있었다. 다른 반 아이들은 모두 졸업식이 다가와 우울해져 있었지만, 우리 6학년 3반은 여느 때와 마찬가지로 활기가 넘쳤다. 김초국도 조금씩 조금씩 친구들과 친해진 것 같았다. 그리고 졸업식 날 우리 반 아이들은 강당에 놓여진 자리에 앉아서 졸업식 노래를 부르면서 졸업식은 끝이 났고, 우리 반 아이들은 서로서로 사진을 찍으면서 그렇게 헤어지게 되었다. 물론 지금도 나랑 연락을 하거나 만나는 친구들도 있지만 연락이 안 되는 친구들도 많다.

그렇지만 지금도 초등학교 6학년 친구들이 어떻게 지낼지 정말 궁금하다. 그리고 특히 김초국이 어떻게 지낼지 가장 궁금하다. 아마 지금은 잘 지내겠지. 아무튼 친구들아, 정말 보고 싶다.

이 이야기는 매우 흥미롭게 시작되고 있습니다. 김초국이라는 인물에 대한 소개부터 시작해서 사건의 발단과 전개 과정을 매우 흥미롭게 쓰고 있습니다. 당시의 상황 묘사와 심리 묘사가 적절하게 제시되어 있고, 대화 내용까지 삽입하여 읽는 이가 잘 이해하고 상상할 수 있게 했습니다. 그런데 김초국과 선생님, 그리고 여자아이들의 갈등이 고조되어 결말을 향해 달려가다가 갑작스레 이야기가 끝나고 말았습니다. 지금까지 흥미롭게 사건 전개를 쫓아가던 읽는 이는 황당하지 않을 수가 없지요. 교무실로 불려 간 학생들은 어떻게 되었는지, 김초국과 아이들의 갈등이 어떻게 마무리되었는지 궁금증만 남겨 놓은 채 돌연 이야기가 끝나고 말았기 때문입니다. 결말이 없는데도 불구하고 이야기를 끝내고 갑자기 초등학교에 대한 회상으로 바뀐 까닭은 무엇일까요?

이렇게 이야기가 어정쩡하게 마무리된 이유는 이 학생이 겪었던 이야기를 있는 그대로 쓰려고 했기 때문입니다. 김초국 사건이 그 이후에 어떻게 되었는지는 자신도 알지 못하기 때문에 아는 데까지만 썼을 것입니다. 그러나 자신이 알고 있는 이야기를 충실하게 전달했다고 해서 이야기가 완성되는 것은 아닙니다. 겪은 이야기를 바탕으로 소설을 쓴다고 해서 반드시 사실을 있는 그대로 써야 할 필요는 없습니다. 오히려 있었던 사실과는 다르게 결말을 바꾼다든지, 말하는 이를 바꾸는 방식으로 이야기를 변형하고 재구성해야 훨씬 더 재미있는 이야기가 될 수 있습니다.

예를 들어, 등굣길에 깡패들을 만나서 돈을 빼앗기고 얻어터지는 일을 당했다고 한다면 그 경험을 그대로 적는 것보다는 다른 방식으로 재구성하는 것이 더 효과적일 수 있습니다. 자신이 깡패들에게 당하는 과정까지 자세히 묘사하는 것이지요. 그다음 위기의 순간에 우리 반의 당찬 여자아이가 나타나서 소리치는 바람에 깡패들이 도망을 갔다든지 하는 방식으로 결말을 바꾸면 더 재미있는 이야기가 될 수 있습니다. 소설은 허구적인 이야기이기 때문에 있었던 이야기를 그대로 전달하기보다는 상상력을 더해서 좀 더 재미있게 만들어야 쓰는 사람도 흥미롭고 읽는 이도 더 재미를 느낄 수 있습니다.

겪었던 이야기만 쓴다면 아무래도 소재의 제한이 있을 수밖에 없고, 상상력을 발휘하는 데도 한계가 있습니다. 따라서 여러분이 꿈꾸고 상상한 이야기를 자유롭게 쓰는 것이 좋습니다. 실제로 학생들은 겪었던 이야기보다는 상상한 이야기를 더 좋아하는 경향이 있습니다. 그러나 학생들이 상상해서 쓴 이야기는 구성이나 묘사가 치밀하지 못합니다. 또한 여학생들의 경우에는 연애 드라마, 남학생들의 경우 게임 이야기에 치우치는 경향이 있습니다. 소설 쓰기에 대한 경험이 부족하기 때문에 상상한 이야기를 쓰라고 해도 자신이 본 드라마나 영화, 게임의 틀을 크게 벗어나지 못하는 것입니다.

그러나 상상한 이야기를 쓸 경우에도 기존의 드라마나 영화, 게임의 틀을 벗어나 좀 더 다양한 이야기를 만들어 보는 것이 좋습니다. 예를 들어, 파리나 모기 같은 동물들을 주인공으로 삼아 이야기를 만들어 볼 수도 있고, 의자나 책상 같은 물건을 서술자로 등장시켜서 새로운 이야기를 만들어 볼 수도 있습니다. 또 귀신 이야기나 마법 같은 소재로 색다른 이야기를 만들 수도 있습니다. 다만 자신이 무엇을 잘 쓸 수 있을지, 어느 정도의 분량으로 쓸 것인지를 고려해서 이야기를 구상해야 합니다. 자신이 즐기는 이야기일수록 이야기의 구성이나 세부 묘사를 자세히 할 수 있을 것입니다. 장편소설이 아니라면 드라마나 게임 이야기를 길고 복잡하게 늘어놓기보다는 이야기의 규모를 줄여서 짧은 이야기를 만들어 보는 것이 좋습니다.

소설

이동윤(도봉고 1)

그녀와 함께 전력질주를 하고 있다. 아무도 없는 한적한 도로. 이 길 위를 우리는 달리고 있다. 사실 오늘은 그녀의 생일이다. 그녀가 어제 나에게 경치 좋은 곳에 데려다 달라고 했다. 나는 흔쾌히 허락했고 강원도 깊숙이는 아니지만 한적하고 물 맑고 경치 좋은 곳으로 가고 있다. 사실 나도 그곳이 어딘지는 모른다. 하지만 가다 보면 나오겠지. 이렇게 개운하게 달려 본 것도 오랜만이다. 그녀는 오토바이를 싫어한다. 하지만 오늘은 특별한 날이니 오토바이를 타 주겠다고 한다. 헬멧이 하나밖에 없어서 나만 쓴 게 미안하지만 지금은 속도감과 내 뒤에 앉아 나를 꼭 안고 있는 그녀의 팔의 감촉만이 느껴지고 있다. 그나저나 아직 마땅한 곳을 찾지 못했다.

한참 잘 달리고 있는 중에 갑자기 뒤에서 빵빵거린다. 오늘같이 한가한 날에 한가한 도로에서 웬 차인가 하고 뒤를 돌아봤다. 갑자기 오토바이를 살짝 박는다. 그녀가 놀라 소리 지른다. 그 차는 날 추월하려는 듯하더니 나란히 달린다. 창문을 내리더니 날 보며 비웃는다. 조수석에는 여자가 있었다. 그 여자도 마찬가지 모양새로 날 비웃는다. 솔직히 나만 비웃었을 때는 괜찮았다. 그런데 내 뒤에 있는 그녀에게 그 자식이 이렇게 말했다.

"구식 오토바이에 여자도 구식이구만. 큭큭큭. 이봐, 거기 있지 말고 일루 오는 게 어때? 대신에 트렁크 안에서 얌전히 있어라. 하하하!"

순간 나는 속이 뒤틀렸다. 나는 그녀에게 뒤에 달려 있는 쇠막대기를 달라고 하였다. 그 막대기는 땅에 끌면서 불꽃을 낼 때 쓰는 거지만 이번에는 좀 쓰임새를 바꾸려고 그런다. 나는 막대기로 차 이곳저곳을 찌그러트리기 시작했다. 그 자식은 당황했는지 잽싸게 속력을 냈다. 성질 같았으면 끝까지 따라가 아주 반죽음을 만들려고 했지만 그녀가 말려서 막대기를 차 뒤 유리에다가 꽂아 버렸다. 그 자식은 부리

3. 내가 상상하는 대로 만들어지는 세상

나케 도망가고 나는 웃었다. 하지만 그런 나를 그녀는 걱정했다. 벌써 1시가 되었다. 나는 그녀에게 밥을 먹으러 가자고 했고, 그녀도 배고 팠는지 얼른 대답한다. 혹시 무박 2일이 될지 몰라 돈을 가지고 왔지 만 많이는 못 가지고 왔다. 식당을 찾아 헤매다 한식, 그러니까 그냥 백반 하는 데를 찾았다. 그런데 뒤 유리창에 막대기가 꽂혀 있는 희 한한 차가 있다. 시선을 돌려 식당을 보니 아까 그놈이 나온다. 내 주 먹에 힘이 들어갔고 그녀는 날 말리려 했다. 그놈은 날 끝까지 노려보 고 나갔다. 식당 안으로 들어와 그녀를 마주 보며 앉아서 음식을 주문 했다. 그녀는 그때랑 같이 여전히 예쁘다. 피부는 백옥 같고 눈은 맑 은 수정 같다. 그때와 변함없이 청순하다. 그녀 얼굴만 보면 자꾸 옛 날 생각이 난다. 내 목숨이 두 개로 늘어난 그날이.

내가 고2였을 때다. 그날도 무단결석에, 폭주를 하고 있었다. 경 찰차가 따라붙어도 따돌리는 것은 마음만 먹으면 가능했다. 그렇게 달리다 저녁이 되어서야 집으로 가는 길이었다. 한강 공원을 통해 가 고 있는데 매복하던 싸이카가 보였다. 당황했다. 재빨리 방향을 틀 어 도망갔다. 하지만 경찰 오토바이를 따돌리기에는 역부족이었다. 결 국 너무 속력을 낸 나는 길에서 미끄러져 한강에 빠졌다. 수영을 못 하는 나는 허우적대다 결국 정신을 잃었다. 이대로 죽는 줄만 알았는 데 정신이 들어 눈을 떠 보니 한 여자애가 있었다. 중학교 때부터 알고 지냈고 지금은 내 짝이다. 그다지 예쁘진 않지만 눈이 아름답게 생겼다. 집으로 가는 길에 날 보고 구해 줬다고 한다. 그 아이는 눈물을 글썽이더니 나에게 학교에 다시 나오라고 한다. 왠지 가슴이 두근거렸다. 다음 날 난 학교에 다시 갔다. 학교 측에선 날 반가워하지는 않는 것 같지만 내 짝은 날 반가이 맞아 준다. 나를 반가워해 주는 사람이 있는 게 처음이다. 너무 기뻤던 나는 그 애 손을 잡고 사귀자고 했다. 그 애는 얼굴을 붉히며 말을 안 한다. 괜히 뻘쭘해진 나는 소리를 질러서 사귀자고 했다. 그제야 내 짝은 승낙을 했다. 고백치곤 좀 웃긴 편이었다. 그 고백이 어느덧 1년 전 일이다. 나는 학교를 자퇴했고 여친은 수능 준비를 하고 있다. 난 내 여자를 위해선 목숨도 걸수 있다.

식당에서 나와 오토바이에 시동을 걸었다. 그런데 평소엔 잘 걸리던 시동이 오늘따라 유난히도 자꾸 안 걸린다. 서너 번만에 시동이 걸린 오토바이를 끌고 달렸다. 그런데 얼마 가지 않아 갑자기 시동이 꺼진다. 그때 알았어야 했는데……. 나는 다시 시동을 걸고 달렸다. 왠지 모를 불안감이 엄습해 온다. 두어 시간을 달리다 경치 좋은 곳을 발견했다. 그녀가 저기서 내리자고 했다. 내리려고 브레이크를 당겼다. 그런데 브레이크가 안 당겨진다! 순간 아까 차에 있던 그 자식이 생각났다. 그놈 짓이다. 왜 안 멈추냐고 물어보는 여자 친구를 안심시켜야겠다는 생각이 들었다. 일단 여기 말고 더 좋은 곳이 있을 거라고 말을 했다. 하지만 그런 말을 하는 나조차 어이가 없었다. 결국 난 입을 열어 그녀에게 말했다.

"야, 너 나 얼만큼 좋아해?"

"쓸데없이 그건 왜 물어?"

"사랑한다고 말해 줘. 안 그러면 속력을 올릴 거야."

"뭐야, 싱겁게. 사랑해."

"안 들려! 크게 말해!"

"사랑한다고!"

"그럼 내 헬멧을 써. 안 쓰면 역시 속력을 올린다."

"야, 미쳤냐? 왜 그래?"

"어서 써!"

그녀가 내 헬멧을 받아 썼다. 나도 사랑해. 그녀에게 꼭 잡으라고 말했다. 그리곤 최대한 속력을 줄이기 위해 미끄러지면서 쓰러졌다. 오토바이는 그대로 중앙 분리대에 곤두박질쳤고, 나는 한참을 날아갔다. 마지막까지 그녀의 옆에 있고 싶었는데. 아, 눈앞이 깜깜하다. 마지막으로 그녀의 얼굴을 보고 싶었다. 그녀는 정신을 잃은 듯했다. 나는 움직이려고 했지만 몸이 말을 듣지 않았다. 결국 그녀의 얼굴도 못 보고 이대로 떠나는구나.

후회는 하지 않는다.

'강원도 산간에 오토바이 사고 발생. 남자는 사망, 여자는 가벼운 찰과상만 입어……'

이 소설은 신문에 실린 오토바이 사건을 재구성한 형식을 취하고 있습니다. 오토바이를 몰다가 죽은 남자를 말하는 이로 설정하여 이야기를 전개하고 있기 때문에 사건의 전개 과정과 말하는 이의 심리를 자세히 알 수 있습니다. 남자와 여자의 관계라든지, 사건의 발단과 전개 과정이 무리 없이 잘 연결되고 있어 자연스럽습니다. 그러나 전체적으로 상황에 대한 요약적 설명이 많아서 기사를 읽는 것 같이 건조한 느낌을 줍니다. 마지막의 신문 기사는 이 소설이 왜 보도 기사 같은 느낌을 주는지 그 이유를 밝혀 주고 있다는 점에서 효과적인 장치입니다.

이 학생이 쓴 소설은 완전히 상상한 이야기입니다. 신문 기사의 형식을 취하고 있지만 이러한 기사가 실제로 있었는지는 알 수 없습니다. 오토바이 사고를 당했는데, 아무리 헬멧을 안 썼다고 해도 운전석에 있었던 사람은 죽고 뒤에 앉은 사람은 가벼운 찰과상만 입었다는 것이 그다지 현실적이지는 않습니다. 이 모든 이야기가 꾸며 낸 것이라고 할 수 있습니다. 하지만 말하는 이의 심리와 상황을 이해하고 있는 읽는 이의 입장에서 보면 충분히 공감할 수 있는 이야기입니다.

이처럼 완전히 꾸며 낸 이야기라도 실제 있었던 이야기보다 더 실제적인 이야기처럼 느낄 수 있습니다. 자신이 겪었던 일인가 아닌가가 중요한 것이 아니라 그 이야기를 얼마나 재미있게 구성해서 풀어내느냐가 더 중요합니다. 이야기의 구성이나 결말을 읽는 이가 예측하지 못한 방향으로 이끌어 나갈 수 있다면 훨씬 흥미로울 수 있습니다. 또한 세부 사건들을 생동감 있게 묘사해서 보여 준다면 읽는 이는 한층 더 몰입해서 읽을 수 있습니다. 따라서 소설 쓰기에서는 읽는 이의 궁금증을 불러일으키고 흥미를 지속시킬 수 있도록 글쓴이의 상상력을 최대한 발휘할 필요가 있습니다.

쓰기연습

1. 다음 소설은 자신이 겪은 일을 바탕으로 썼습니다. 이 소설의 결말을 어떻게 재구성하는 것이 좋을지 이야기해 보세요.

사랑은 시가가 중요하다

오늘은 할머니의 생신이다. 그래서 시골에 있는 큰댁에 가기 위해 아침 일찍부터 온 가족이 부산을 떨며 시골 갈 준비에 여념이 없었다. 할머니께 드릴 선물이며, 엄마가 전날 재 놓으신 갈비 등등 온갖 것들을 다 준비하고 드디어 출발! 그동안 공부해야 한다느니, 학원 가야 한다느니 이런저런 핑계로 명절 때도 시골에 잘 안 내려갔기 때문에 거의 1년 동안 할머니를 뵙지 못했다. 할머니가 너무 보고 싶기도 했고 내가 가면 할머니가 얼마나 반가워하실까 생각하니 나도 모르게 입가에 미소가 떠올랐다. 이런 생각을 하다 보니 차는 어느덧 큰댁에 도착해 있었다. 내 기대대로 할머니께선 차 소리를 들으시곤 마당으로 뛰어나오며 이렇게 말했다.

"아이구 내 새끼, 할머니가 재현이 보고 싶어 혼났다. 그동안 이 할미가 보고 싶지도 않았어?"

"당연히 보고 싶었지. 근데 할머닌 날 너무 좋아하는 거 같애."

"어멈아, 얘 말하는 것 좀 봐라."

"하하하, 호호호!"

이렇게 왁자지껄 시골에 도착한 나는 그날 하루 종일 너무나 즐겁게 보냈다. 할머니는 손주들 중에서도 나를 특별히 예뻐해 주셨기 때문에 맛있는 음식이 있으면 내 앞에 놓아 주시고, 용돈도 듬뿍듬뿍 주셨다. 그렇게 꿈같은 하루가 지나가고 우리 가족은 다시 집으로 돌아왔다. 그로부터 한 달이나 지났을까. 어느 날 한밤중에 "따르릉, 따르릉" 하는 전화벨 소리가 울렸다. '도대체 한밤중에 무슨 일일까?' 하는 생각과 함께 왠지 모를 불안감이 나를 엄습해 왔다. 그리고 들려오는 엄마의 당황하는 목소리. "네, 뭐라구요? 어머님이 쓰러지셨다구요?" 그 순간 가슴이 철렁 내려앉았다. 내 불안한 예감이 적중한 것이었다.

"이를 어떡하면 좋아요. 네. 제가 바로 애 아빠랑 병원에 갈게요."

엄마는 무척 당황하시며 내가 무슨 일이냐고 물어볼 겨를도 없이 병원으로 급히 가셨고, 나는 그날 밤 내내 할머니가 걱정되어 한숨도 자지 못했다.

아침이 되었고, 엄마에게 전화가 왔다.

"엄마, 도대체 무슨 일이야? 할머니가 쓰러지셨다니!"

"할머니가 중풍으로 쓰러지셨단다. 빨리 발견했기에 망정이지 조금이라도 늦었으면 돌아가실 뻔했단다. 정말 다행이야."

"지금 할머니 상태는 어떤데?"

"아직 깨어나진 못하셨지만 의사 선생님 말씀이 위험한 고비는 넘겼다는구나."

며칠 후 할머니는 깨어나셨고 건강이 호전되어 퇴원을 하게 되었다. 하지만 할머니는 풍 때문에 오른쪽 팔다리가 불편하시게 되었고, 서울에서 물리치료를 받기 위해 우리 집에 한두 달 계시게 되었다. 물론 처음에는 할머니가 오신다는 소식에 무척이나 좋아했다. 내 머릿속엔 옛날의 할머니만 남아 있었으니깐.

하지만 병이 할머니를 바꾼 건지, 아니면 내가 변한 건지 나는 언제부터인가 할머니를 멀리하기 시작했다. 내가 컴퓨터 좀 하면서 놀려고 하기만 하면 옆으로 오셔서 "재현아, 뭐 하니? 할머니 바깥 공기 좀 쐬게 해 주려무나." 하셨고 틈만 있으면 무엇을 가져다 달라, 어디로 데려가 달라고 하셨다. 그리고 집에 엄마가 안 계실 때면 하루 종일 내 옆을 졸졸 따라다니셨다. 나는 그런 할머니가 너무나 싫었다. 할 일 많은 시골에 계시다가 아무것도 할 일 없는 도시로 오시니 외롭고 심심해서 그러시나 보다 이해는 되면서도 짜증이 나는 건 어쩔 수 없었다. 그래서 하루는 엄마와 소리 높여 싸우기까지 했다.

"나, 할머니 너무 싫어! 할머니 때문에 할 수 있는 일이 하나도 없어!"

"네가 할머닐 이해해야지 어쩌겠니? 조금만 참자."

"내가 왜 참아야 하는 건데! 할머니 빨랑 할머니 집으로 가시라고 해."

"얘가 보자 보자 하니깐. 네가 한두 살 먹은 애야? 도대체 왜 이렇게 못나게 굴어? 지금 할머니가 얼마나 외로우시겠니? 몸도 불편한 할머니한테 잘 해 드리지는 못할 망정 이게 도대체 뭐 하는 짓이야. 정말 너한테 실망했다."

할머니께서 엄마와 내가 싸우는 소리를 들으셨는지는 알 수 없다. 하지만 며칠 후 할머니는 병원도 다 갔으니 이제 서울에 있을 이유가 없다며, 서울은 너무나 갑갑하다고 하시며 시골로 내려가셨다.

그 후 몇 년이 흐르고 할머니는 다시 우리 집에 오시게 되었다. 나는 옛날에 한 일도 있고 해서 되도록 할머니께 잘 해 드리려고 노력했다. 그런데 얼마간 할머니와 같이 있다 보니 할머니의 상태가 조금 이상한 것이 느껴졌다. 엄마와 아빠도 같은 생각이셨다. 언제부터인가 할머니께서 사람을 잘 못 알아보시는 것이었다. 처음에는 아주 가끔씩 그러셨지만 시간이 흐르면서 못 알아보시는 횟수가 많아졌고, 나중엔 사람을 제대로 알아보는 일이 드물게 되었다. 아빠가 "내가 누구예요?"라고 물으면 "우리 아빠."라고 하셨고, "여기가 어디예요?"라고 물으면 엄마의 친정이라고 대답하셨다. 할머니의 중풍이 치매로 전환된 것이었다. 하루하루 할머니의 상태는 심각해졌다. 처음엔 사람을 못 알아보기만 하셨지만 이제는 똥오줌도 가리지 못하게 되었고, 옆에 이불이나 옷, 천 같은 것이 있으면 찢어 놓으셨다.

할머니의 병은 온 가족을 고통스럽게 했다. 할머니는 밤이 되어도 잠들지 않고 계속 기저귀를 뜯으셨기 때문에 아빠는 매일 할머니를 지키며 거의 뜬 눈으로 밤을 새우셨고, 엄마는 할머니가 똥 기저귀를 뜯고 이불에 여기저기 똥을 묻혀 놓고, 이불을 다 뜯어 놓으셨기 때문에 날마다 빨래하고 이불을 꿰매느라 팔다리가 부러질 지경이었다. 아무리 환기를 시켜 놓아도 할머니의 방 안에서는 똥 냄새가 진동했고, 그 냄새는 거실까지도 풍겨 나왔다. 하루 하루가 전쟁이었다.

내 내면에 감춰져 있던 할머니에 대한 미움이 다시 고개를 들기 시작했다. 엄마가 시키지 않는 이상 웬만해선 할머니 방에 절대로 들어가지 않았고, 가 끔씩 들어갈 때면 "할머니는 왜 그렇게 사람을 못 알아보는 거야? 또 왜 그 렇게 만날 똥 기저귀를 뜯어 놓아서 우리 엄마를 고생시키는 건데? 정말 할 머니 미워 죽겠어."라며 할머니를 혼냈다. 이제 완전히 애가 된 할머니는 그 럴 때마다 시무룩한 얼굴로 내가 퍼붓는 말을 묵묵히 듣고만 계셨다. 그래 서 할머니는 우리 집 식구 중에서 나를 가장 무서워하고 싫어하셨다. 그렇게 근 3년이란 시간이 흘렀고, 할머니는 나날이 쇠약해지셨다. 밥도 잘 드시지 못 했고, 이제는 힘이 없어 예전처럼 기저귀를 뜯어 놓지도 않으셨다. 친척들 사 이엔 "이제 할머니의 명이 거의 다하셨나 보다."라는 말이 나돌았고, 그 예 감은 적중했다. 할머니의 상태가 심각해지자 큰아버지와 아빠는 할머니를 병원에 입원시키셨다. 병원에서도 이젠 편안히 보내 드리는 일만 남았다고 했지만, 그렇게 쉽게 할머니를 보낼 수 없었던 자식들은 산소 호흡기에 의존해서라도 조금이나마 할머니를 붙잡고자 했다. 나는 마지막으로 할머니의 얼굴을 보고자 병원을 찾아갔다. 예전의 통통하던 살은 다 어디로 가고, 할머니는 온몸이 퉁퉁 붓고 눈도 못 뜰 정도로 너무나 힘들어 하셨다.

"할머니, 도대체 왜 그렇게 된 거야. 내가 못되게 굴어서 할머니 이렇게 된 거야? 할머니 정말 미안해. 앞으로 진짜진짜 할머니한테 잘할 테니깐 눈 좀 떠 봐요, 제발……. 할머니 힘들어 하는 거, 나 더는 못 보겠어. 할머니 제발……."

내 눈에선 눈물이 폭포수처럼 펑펑 쏟아져 나왔다. 그런데 내 손에 따뜻한 기운이 느껴졌다. 할머니께서 그렇게 힘든 와중에서도 내가 온 걸 아시고 내 손을 꼭 잡아 준 것이었다.

그 순간 내 가슴은 쿵 내려앉았다. 그동안 할머니에게 못되게 군 일들이 머릿속을 스치며 내 마음을 끝없는 절망 속으로 끌고 갔다. 그리고 용서를 빌 수 있는 시간이 지금뿐일 수도 있다고 생각한 순간, 나는 무릎을 꿇었다.

"할머니, 그동안 제가 정말 잘못했어요. 할머니한테 못되게 군 거 제 진심이 아니었는데……. 그냥 할머니가 변해 가는 게 너무 싫어서 그랬던 거였어요. 제발 이 못된 손녀, 딱 한 번만 용서해 주세요. 언젠가 아주 먼 미래에 할머니 만나면 그땐 정말정말 잘해 드릴게요."

할머니가 용서를 해 주셨는지는 알 수 없다. 하지만 그 뒤 정확히 3일 후 할머니는 다시는 돌아올 수 없는 곳으로 영원히 떠나 버리셨다.

2. 다음 상상글을 읽고 이 이야기처럼 파리나 모기를 주인공으로 해서 이야기를 만들어 보세요.

파리

이 과정이 내가 태어나면서 제일 고달픈 부분 중 하나였다. 파리는 완전 변태 곤충으로 알 유충 번데기에서 성충으로 변화하는데 유충기에서 2번을 탈피하여 삼령기를 지냈다. 난 이 중 검정파리과의 왕루리먹파리라고 어른들은 말씀하신다. 우리 검정파리과는 불결한 장소에서 주거침입하여 바이러스 등을 기계적으로 운반하므로 사람들이 싫어한다.

얼어붙은 시냇물은 맑은 소리를 내며 흐르고 새로운 새싹들이 돋아 나온다. 첫봄을 맞아 게을러지는 내 심정. 어제 하루 굶어서 더 일어나기가 귀찮다. 보슬보슬한 개털은 엄마의 품속보다 더 따뜻하다.

이 집은 한마디로 딱 잘라 말하면 부잣집인 것 같다. 그래서 여기는 돼지와 소도 많다. 난 이 중에서 개와 소한테 붙어 잔다. 돼지는 털이 뻑뻑하여 따가울 뿐더러 꿀꿀 대는 소리에, 밤에 배가 고프면 사정없이 먹어 댄다. 그렇지만 배가 텅텅 빈 것 같으면 돼지한테 가 돼지의 똥을 먹을 때도 종종 있다. 어느 날은 소의 털 속에서 늦게 저녁을 먹고 잠을 자려고 하는데 다른 파리가 잘못해서 소의 콧구멍 속에 들어갔다. 그 순간에 소의 꼬리가 내가 자고 있는 곳을 스쳐 날개가 찢어졌다. 나에게는 치명적이었다. 나의 생명줄인 날개가 찢어진 것이었다. 다행히 그렇게 많이 찢어지지는 않아서 2개월 동안 쇠똥과 여물 속에서 소와 함께 지낸 적이 있었다.

맑은 햇살은 눈이 부셨다. 주인(김서방)은 돼지에게 죽 같은 것을 주었다. 아침은 돼지의 먹이로 때우고 봄바람을 맞으며 이리저리 돌아다녔다. 그러다 지붕이 기울어진 한쪽 모퉁이에 있는 집으로 들어갔다. 으스스한 느낌이 들었지만 돌아다니는 김에 들어가 보았다. 뜻밖에 사람이 살고 있었다. 그들은 다른 사람들과 달리 옷차림이 이상하였고 머리의 모습도 달랐다. 한 사람은 깡통을 들고 말을 건네더니 문을 열고 나갔고, 한 늙은 사람은 깡통에 있는 밥을 먹고 있다. 내가 지내는 곳과 정반대인 이 집은 가난하다는 것을 느꼈다. 이 집에 있으면서 내 팔자가 이 사람들보다 편하다는 것을 느꼈고 파리로서 내 신분이 좋았다. 마음이 아파 더 이상 오래 있을 수는 없었고 이들에게 도움을 주고 싶었지만 안타까운 마음으로 구멍 뚫린 문살 사이로 나왔

다. 먹을 것을 찾다 찾다 못해서 나무에 붙어 여기저기 둘러보다 영 먹을 것

이 안 보여 아까 지붕이 기울어진 곳에 갔다. 늙은 사람은 이불 속에서 자고

있었고 깡통은 그 옆에 있었다. 깡통 속에 남은 찌꺼기를 먹고 나니 어두워

지기 시작한다. 난 김서방네 집 쇠등에서 잤다.

　이 마을은 한 해에 한 번씩 서민 씨름 대회를 열어 마을의 씨름 잘하는

사람을 뽑아 돼지를 상품으로 준다. 이렇게 씨름 대회가 열리면 구경꾼들과

엿장수, 아낙네들도 볼 수가 있는데, 씨름 대회는 텅 빈 내 배를 채울 수 있

는, 제일 바라고 기다렸던 날이기도 하다. 이만큼이 되면 쥐도 올 시간이 되

었다. 씨름 대회는 시작됐고 아이들, 어른 할 것 없이 엿을 빨며 즐겁게 구

경하고 있었다. 천막 뼈대 기둥 위쪽에서 기회를 엿보려고 사방을 둘러보다

쥐를 보았다. 그런데 여느 때와는 달리 땅에 떨어진 엿을 찾으려고 정신이

없던 쥐가 이제는 고양이한테 쫓기느라 정신이 없다. 이러한 쥐를 보니 처량

하고, 고양이라는 강자를 만나서 불쌍하다는 생각이 들었다. 그리고 옛 추

억이 생각나서 돕기로 다짐하고, 나의 멋진 날개를 빨리 움직이면서 고양이 똥

구멍에 붙었다. 처음은 쾨쾨하고 야리꾸리한 냄새가 났지만 그래도 난 좋았

다. 고양이 똥구멍 겉에 있는 털에 똥 같은 것이 묻어 있어 그것을 먹다 쥐가

잡힐 듯할 때 똥구멍 속으로 들어가 긁고 꼬집고 사정없이 마구 해 댔다.

이러니까 고양이는 달리다 나자빠져 한참을 뒹굴다 쓰러졌다. 이 사이에 난

밖으로 나왔다. 쥐는 나에게 고맙다는 눈짓을 했다. 쥐가 새 엿을 훔쳐와 반반씩 나누어 먹었다. 이날 배 터져 죽는 줄 알았다.

씨름 대회도 끝났고 여름도 막바지로 가고 있을 때는 파리, 모기님들의 활동은 더 넓어지고 활발해지는 시기이다. 거의 활동 장소는 돈 많고 집 큰 부잣집으로 택한다. 왜냐하면 그들은 많이 먹고 살이 탱탱해서 맛있는 피가 나오기 때문이다. 난 낮보다 밤에 운동을 더 많이 한다. 밤이 깊어만 가고 장 판서댁 대감이 주무시는 방으로 들어갔다. 눈치를 이리저리 살피며 날기 시작했다. 팔뚝을 쳐다보며 좋은 위치를 잡기 위해 다시 주위를 도는데 손이 내 몸통을 정확하게 쳤다. 내 몸은 완전히 마비가 되었고 장 판서 대감 옆에 떨어졌나 보다. 그때 긴 무엇인가가 내 옆에 놓였다. 팔이었다. 이 순간 무언가 날 누르고 있었다. 그런데 누가 날 잡아당겼다. 그리고 온몸을 지압시켜 주었다. 몇 분이 지나고 몸은 원 상태로 돌아왔고, 누군가가 내 옆자리에서 날 계속 돌보아 주었다. 그 누군가는 여파리였다. 얼떨떨해서 고맙다는 인사는 했으나 고개를 갸우뚱할 뿐 이상하였다. 여파리는 창고에는 먹을 것이 많다며 가자고 했다. 난 여파리가 하자는 대로 고분고분 잘 따라 했다. 창고에서 먹을 것을 먹고 같이 창고에서 하루를 지냈다.

다음 날 아침, 뜨거운 햇빛이 문틈 사이로 강하게 들어와 창고를 밝혔다. 잠자리는 불편하였으나 홀로 활동하다 같은 종족을 만나 기쁘고 기분이 좋왔다. 창고 안 사방을 둘러보아도 여파리는 없었다. 안타까운 마음으로 날 갯짓을 하려 할 때 여파리가 날아와 맑은 하늘을 날자고 하였다. 그 여파리와 난 정반대의 성격을 가진 것이다. 여파리는 날 강제로 끌고 갔다. 그렇지만 내가 사랑하는 파리가 좋아하는 것은 뭐든지 따라 하고 싶고 행동하고 싶다.

오늘은 이렇게 시작하였다. 아침은 장 판서댁에서 아홉 집만 가면 주막이 있는데, 거기서 어제 팔고 남은 막걸리 찌꺼기를 먹었다. 약간은 어지러웠다. 뭣도 모르고 마을 이곳저곳을 방황하다 냇가 쪽으로 갔더니 물소리가 났다. 시간이 지날수록 더 어지러웠다. 저쪽에서는 파리 한 마리가 온다. 많이 낯익은 얼굴, 여파리였다. 여기서 무엇 하냐고 물었지만 대답은 안 했다. 하늘이 노랗게 보이고 세상이 귀찮다. 눈앞이 캄캄하다. 여파리가 안 되겠다고 하며 내 옆에 다가올 때 난 시냇물에 떨어졌다. 여파리는 "안 돼!" 하면서 나를 따라 내 머리 위를 돌면서 손을 뻗쳤다. 난 손은 잡았지만 날개가 물에 젖어 날질 못했다. 여파리는 내 손을 놓으려 하지 않았다. 그 순간 내 몸이 뒤집혔다. 여파리의 눈에서는 눈물이 흐르고 바람이 세차게 불어왔다.

며칠 후 파리의 시체가 강물에 떠올랐다. 파리의 얼굴은 미소 띤 얼굴이었다.

4

세상을 바라보는
나만의 시선

수필 쓰기

세상에 대해 자신의 목소리를 드러내는 다양한 글은
모두 수필이 될 수 있다.

수필처럼 그 성격이 모호한 글도 없습니다. 수필은 문학과 문학 아닌 것의 경계가 뚜렷하지 않은 글입니다. 다른 문학 갈래들이 허구적인 성격을 띤다면 수필은 사실적이라고 그 차이를 설명하기도 합니다. 그러나 어떤 글도 사실을 있는 그대로 재현할 수 없다는 점에서 보면 모든 글은 허구적입니다. 그리고 어떤 문학 작품도 사실에 바탕을 두지 않은 완전한 허구는 없다는 점에서 사실적이기도 하고요. 따라서 이러한 기준으로 수필과 수필 아닌 것의 경계를 나누기는 힘듭니다.

또 수필을 문학적인 수필과 논리적인 수필로 구분하기도 합니다. 이는 수필이야말로 문학적이기도 하면서 문학적이지 않다는 뜻이기도 합니다. 우리나라에서는 주로 문학적인 수필만을 수필로 인정하는 경향이 있습니다. 그러나 외국에서는 소논문도 수필에 속하며, 논설도 수필의 갈래에 포함시킵니다. 성공한 사람들의 성공담이나 처세법, 혹은 세상에 대한 발언들 역시 수필에 속하기 때문에 수필의 영역은 매우 넓다고 할 수 있습니다.

수필은 수의, 수제의 글이다. 논조를 따지고 형식을 차릴 것 없이 어떤 내용이든 소박한 채 솔직하게 써 내는 글이다. 논문보다는 단도직입적이어서 찌름이 빠르고, 형식에 구애되지 않아 풍자와 경구도 적나라하게 드러난다. 그래서 수필은, 강의나 연설이 아니라 좌담 같은 글이라고 비유한 말도 있다. 아무튼 단적이요, 소이해서 글쓴이의 의도와 면목이 가림 없이 드러나는 글이다. 그 사람의 세계관, 그 사람의 습성, 취미, 교양, 이러한 모든 '그 사람의 것'이 소탈하게 드러나는 경우가 많으며, 감상문이나 서정문보다는 자기의 주장, 독특한 일가견이 있어, 늘 논설의 성질을 띠기도 한다.

이 글은 이태준의 『문장강화』에서 수필에 대해 논의한 것입니다. 이 글에 따르면 수필이란, 어떤 형식이나 내용의 제약 없이 자신의 생각을 솔직하게 드러낸 글이라고 할 수 있습니다. 감상문이나 서정문보다는 논설의 성질을 띤다고 한 것은 감상적인 수필보다는 주장이 잘 드러나 있는 수필이 더 수필다울 수 있다는 것입니다.

신풍시장을 지나며

윤진영(대영중 2)

얼마 전에 친구 생일 선물을 사기 위해 '2001 아울렛'에 다녀왔다. 신풍시장 맨 끝에 있어서 우리는 신풍시장을 처음부터 끝까지 걸어야 했다.

입구에 들어서자 흔히 '노점상'이라 불리는 손수레들이 늘어서 있었다. 그중에는 연세가 높으신 할머님들도 계셨는데, 그분들 앞에 놓인 물건들을 보니 많이 안타까웠다. 그래도 그분들도 집에 돌아가시면 한 가정의 가장이실텐데……. 정말 돈만 있다면 모두 사 드리고 싶은 심정이었다.

노점상들을 지나면 '진짜 시장'이 나온다. 배추 가게 아저씨, 생선 가게 아줌마, 신발 가게 할아버지, 그리고 그 손님들까지 모두 활기찬 모습으로 하나라도 더 팔려고, 조금이라도 더 깎으려고 실랑이를 벌이고 있다. 아무것도 모르는 외국인들이 본다면 싸우는 것이 아니냐고 오해할 수도 있겠지만 우리나라 사람들은 알고 있다. 싸우는 것처럼 보이는 그 순간에도 정이 오간다는 것을 말이다.

나도 전에 엄마를 따라 배추를 사러 간 적이 있다. 엄마는 그 배추를 배달시키셨는데 배달 오신 아저씨께서 땀을 닦으며 힘든 내색도

하지 않고 씨익 웃으시던 얼굴이 정말 인상적이었다. 그 웃음을 보며, 나도 크면 그렇게 거창한 일이 아니라도 나의 일에 만족하며 웃을 수 있다면 좋겠다고 생각했었다. 그 배추 아저씨뿐 아니라, 전부 다는 아니지만 시장에 가면 밝게 웃으며 물건을 파는 아주머니, 아저씨들을 볼 수 있다.

예부터 시장은 서민들의 삶의 터전이었다. 높이 들어선 백화점이나 슈퍼에 가려서 없어질 수도 있었지만 아직 없어지지 않았다. 그런데 그런 신풍시장이 이제 사라진다고 한다. 그 자리에 도로가 생긴다고 하는데 그 도로로 인해 더 편해질 수도 있겠지만 더욱 많은 사람들이 삶의 터전을 잃게 되는 것은 아닐까? 정말 안타까운 일이다.

이 글은 한 학생이 신풍시장을 지나면서 보고 느낀 것들을 쓴 것입니다. 글쓴이는 2001 아울렛을 가기 위해서 신풍시장을 거치면서 노점상 할머니와 시장 상인들에게 안타까움을 느낍니다. 돈이 있으면 할머니의 물건을 다 사 주고 싶은 마음이 들 정도였습니다. 더구나 하루하루 열심히 살아가는 사람들의 삶터인 시장이 도로 개발로 인해 없어진다는 소식에 더욱 안타까움을 느끼지요. 이 글은 글쓴이가 시장을 지나가면서 보고 느낀 감상을 중심으로 쓴 감상적인 수필이라고 할 수 있습니다.

감상적인 수필은 철저히 글쓴이의 주관적인 감정에 의존하기 때문에 지나치게 감정에 빠질 우려가 있습니다. 이 글도 그런 경향이 있습니다. 우선, 글쓴이는 시장 사람들에게서 안타까운 감정을 느끼고 있지만 정작 시장 사람들이 모두 그렇게 안타까운 생활을 꾸려 나가는 것만은 아닙니다. 하루하루 열심히 일한 만큼 그 일에서 큰 기쁨과 보람을 느끼고 있을지도 모릅니다. 또한 시장 사람들이라고 해서 2001 아울렛 사람들보다 더 힘들게 살아간다고 단정하기는 어렵습니다. 글쓴이는 그저 2001 아울렛을 가기 위해서 시장을 스쳐 지나가면서 관찰자적인 시선으로 시장 사람들을 보고 평가를 하고 있습니다.

감상은 우리가 대상에 대한 애정을 갖도록 만든다는 점에서 매우 중요한 요소입니다. 그러나 지나치게 감상에 젖을 경우 대상의 본질을 정확히 파악하지 못하게 됩니다. 따라서 대상을 깊이 있게 탐구하여 문제의 본질을 들여다보려는 노력이 필요합니다. 글쓴이가 세상에서 발굴하고 탐색한 새로운 의미를 진솔하게 전달할 때 수필은 우리의 삶에 큰 깨달음을 안겨 주기도 합니다.

착각으로 인한 7년간의 실수
안성민(성내중 2)

그 책을 읽지 않았다면 난 앞으로도 계속 바보가 될 뻔했었다. 내가 초등학교를 다닐 무렵, 벌써 몇 년 전의 일이다. 난 그날도 학원에 갔다. 산수 문제를 풀던 난 너무도 어려운 문제를 만났다. 다른 아이들은 모두 수월히 풀고 있었다. 원래 웬만해선 잘 묻지 않던 난 문제에 시달리다 못해 학원 선생님을 불렀다.

내가 문제를 묻지 않는 덴 이유가 있었다. 그건 물어보는 순간 바보가 되는 느낌이 들고 왠지 나 자신이 초라해지는 것 같은 느낌 때문이었다. 이런 이유 때문에 웬만해선 잘 묻지 않던 난 특별히 물었다.

선생님은 평소에 잘 묻지 않던 내가 물으니 어려운 문제인 줄 알았나 보다. 선생님이 오셨다. 선생님은 문제를 보고 말씀하셨다.

"이것도 모르니?"

내가 묻지 않는 이유가 늘어나는 순간이었다.

난 그 후 선생님에게도 웬만해선 묻지 않았다. 그리고 몇 달 후 이번엔 친구에게 물어보았다. 친구는 인심을 쓰듯이 다가왔다. 친구는 문제를 보고 말했다.

"짜식아, 이렇게 쉬운 문제도 못 푸니?"

난 그 후 아무에게도 묻지 않았다. 물론 예외도 있었지만……. 몇 년이 지난 후부턴 약간씩 물어보았다. 설명이 이해가 되지 않을 때도 있었다. 하지만 아는 척하고 넘겼다. 이런 답답한 식으로 난 7년(초등학교+중1)을 보냈다.

그러다가 며칠 전에 책을 읽었다. 다 읽지는 못했지만 내 뇌리에 남아있는 구절이 하나 있다. 그 책의 제목은 『개미』(?)였던 것 같다. 아닐 수도 있다. 그 책에 이런 내용이 적혀 있었다.

"모르는 것을 물었을 땐, 그 순간은 바보일지 몰라도 그 순간이 지나면 바보가 아니다. 하지만 묻지 않는 사람은 그 순간은 바보가 아닐지 몰라도 평생 바보가 되는 것이다."

참 의미심장한 말이다. 그 글을 읽은 며칠 전부터 묻는 것에 자연스러워졌다. 참 고마운 책인 것 같다. 나에게 물음이란 행복까지도 가져다줄 수 있는 그 무엇인 것 같다.

이 글은 국어 교과서에도 여러 번 실린 글이지만 문학적 표현이 화려하거나 감상이 두드러진 글은 아닙니다. 그저 자신의 경험을 소개하고 그 경험을 통해서 깨달은 바를 솔직하게 적었습니다. 모르는 것을 물어보는 것을 부끄럽게 생각하는 것은 이 학생뿐만이 아닙니다. 그런데 이 학생은 누구나 겪었을 법한 그런 경험을 자신이 책을 읽고 깨달은 내용과 연결시켰습니다. 이 학생이 깨달은 것은 사실 책에서 읽은 것이긴 하지만 자신의 경험과 관련시킴으로써 온전히 자신의 체험을 통한 깨달음으로 발전시켰습니다.

수필이란 형식의 제약이 없이 자유롭게 쓸 수 있는 글이기 때문에 감상 중심으로 쓸 수도 있고, 깨달음이나 의견 위주로 쓸 수도 있습니다.

무엇을 위주로 쓰건 글쓴이의 경험이 오롯이 담겨 있으면서도 그 경험을 통해 얻게 된 생각이나 깨달음 같은 것이 반영되어 있을 때 감동은 배가 됩니다. 그런데 깨달음이라고 해서 무슨 훌륭한 사상을 표현해야 하는 것은 아닙니다. 우리는 일상생활을 하면서 자신의 실수를 통해서도 새로운 깨달음을 얻게 되고, 남의 이야기를 듣거나 그 행동을 보면서도 무언가를 배웁니다. 그렇게 자신의 경험과 남의 이야기를 통해서 깨닫게 되는 작은 것들이 삶의 지혜로 쌓이지요. 수필은 그 깨달음을 다른 사람들과 나누는 일이라고 할 수 있습니다.

제2의 살리에리들

윤선영(성내중 1)

 '아마데우스'라는 영화를 본 사람들이 많을 것이다. 이 영화에서는 아주 대조적인 인물이 두 명 나온다. 바로 모차르트와 살리에리. 모차르트는 타고난 천재성을 지니고 뛰어난 음악을 작곡해 내는 천재 작곡가이고, 살리에리는 이 모차르트를 질투하며 비겁하고 야비하지만 그래도 처절할 정도로 노력하는 불쌍한 보통 사람이다.

 월반제가 생긴다고 한다. 빠르면 올 2학기 때부터 초·중·고 전 학년에 실시된다고 하는데……. 물론 이 월반제에는 좋은 점이 많다. 먼저 우수한 인재들의 발견이 빠르게 이뤄진다. 이렇게 인재들의 발견이 빠르게 이뤄진다면 시간 낭비 같은 것도 안 할 수 있고 학교를 빨리 졸업해 능력을 더 많이 펼칠 수 있을 것이다. 그리고 경제의 원동력이 될 수 있다. 이 점은 단점이자 장점이겠지만 심하지 않은 경쟁은 누구에게나 좋은 것이다. 자기 발전도 되고 그밖에도 좋은 점이 많긴 하지만 내 생각에 월반제 실시는 바람직하지 못하다.

우선 월반된 학생들이 그 학년에서 잘 적응할 수 있을까의 문제가 있다. 학교에서 공부 못지않게 중요한 것은 바로 사교 활동이다. 적극적인 사교 활동이 무척 중요한데 월반된 학생들이 자기보다 몇 살이나 위인 형, 언니들과 과연 잘 지낼 수 있을 것인지……. 나이 많은 학생들은 자기들보다 능력이 뛰어나다는 데 대한 질투심에 월반 학생을 따돌릴 수 있고, 월반 학생들은 그 때문에 외톨이가 되고 공부에 대한 흥미(?)까지 잃을 수 있다. 또 좀 반대되는 경우로 월반생들의 특권 의식이 생길 수도 있다. '나는 남과 달라, 난 천재야.'라는 자아도취에 빠질 수도 있고, 그 때문에 다른 학생들을 무시하기도 하고 그들만의 집단을 만들 수도 있다. 잘하면 연줄 사회가 될 수도 있을 것이다. 그리고 앞에서는 장점으로 소개했지만 단점이 더 많은 '경쟁의 원동력'이라는 문제이다. 심하지만 않다면 이것만큼 장점인 것도 없겠지만 심해지면 이것만큼 단점인 것도 없다. 학교끼리 자기 학교의 위신을 세우기 위해 월반생 배출하기에 정신이 없을 수도 있고 월반생 과외, 문제집 등이 생길 수도 있다. 그리고 부모나 학생이 자기 아이나 자신을 월반생이 될 만한 인재로 생각하는 경우도 있을 것이다. 능력도 안 되면서. 그러다가 안 되면 또 충격 받고……. 월반제로 학생들의 자살 요인이 하나 더 늘어날 수도 있는 것이다.

하지만 월반제 실시로 인해 가장 우려되는 것은 바로 '제2의 살리에리들'의 출현이다. 타고난 머리로 월반을 해 나가는 모차르트(?)들을 보고 보통 사람인 살리에리들은 그를 질투하고 자신에 대해 실망을 할 것이다.

자연스러운 게 좋은 것이다. 월반제라니, 이것은 학생들 간의 과도한 경쟁심만 일으킬 뿐더러 계급 같은 것까지 생길 수 있는 문제성이 많은 제도라 생각한다. 모차르트든 살리에리든, 이런 것들을 갈라 차이 두기에 우리는 아직 너무 어리니까.

이 글은 월반제에 대한 학생의 주장을 중심으로 쓴 글입니다. 이른바 '논설'에 가까운 글이라고 할 수 있습니다. 그런데 월반제의 문제점을 구체적으로 제시했을 뿐만 아니라 장점도 외면하지 않고 있어서 매우 설득력이 있습니다. 또한 월반한 학생들과 그렇지 못한 학생들을 모차르트와 살리에리에 비유하여 읽는 이들이 쉽게 공감할 수 있도록 했습니다. 이른바 논리적인 설득 전략과 감성적 설득 전략을 동시에 구사하고 있

청소년 거침없이 글쓰기

지요. 보통 학생들은 감정적인 비난을 하는 경우가 많습니다. 이 학생은 자신이 그 문제에 대해서 탐구한 것을 차분하게 제시해 읽는 이들이 공감하고 받아들이지 않을 수 없도록 했습니다.

이 글은 사회적인 문제에 대한 자신의 성찰을 다뤘다는 점에서 한 편의 좋은 수필이라고 할 수 있습니다. 사회적인 문제의 경우 감성적으로만 접근하면 오히려 문제의 본질을 놓치거나 읽는 이의 공감을 얻지 못할 수도 있습니다. 논리적으로 문제의 본질에 접근하면서도 감성적인 표현을 사용할 때 이해와 공감의 폭을 넓힐 수 있습니다. 자연 현상에 대한 관조적인 글이나 과거를 회상하면서 감상에 젖는 글만이 수필이 아닙니다. 세상의 여러 가지 문제에 대해서 자신의 목소리를 드러내는 다양한 형식의 글이 모두 수필이 될 수 있습니다.

1. 다음 수필을 읽고 글쓴이가 대상에서 어떤 의미를 이끌어 내는지 이야기해 보세요.

코 파기

나는 언제부터인가 일을 하거나 글을 쓰거나 무언가에 몰두하게 될 때 코를 파게 된다. 내 머리맡에 있는 휴지가 남아나지 않을 정도로 난 코를 파게 된다. 쓰레기통이 휴지로 3일 만에 꽉 차게 되면 어머니께서는 항상 이렇게 말씀하신다.

"그렇게 코 파다가는 콧구멍 넓어진다."

가령 일을 할 때 가끔씩 코를 파지 않으려고 힘쓸 때에는 콧속의 간질간질한 촉감이 소름을 돋게 한다. 누구나 느끼겠지만 큰 것을 빼냈을 때의 쾌감은 무엇보다도 시원하다. 사람이 많을 때도 나는 개의치 않는다. 왜냐하면 그 답답함을 느끼면 돌아 버릴 것 같기 때문이다.

내가 초등학교 5학년 때다. 연극을 하던 도중 난감을 느꼈다. 답답한 감이, 모두가 보고 있는 앞에서 파긴 좀 뭐했다. 마침 뒤돌아보는 신이 있어서 그때 난 파고 말았다. 문제는 이 코의 뒤처리였다. 잘 떨어지지 않는 코를 어떻게 할 도리가 없었다. 할 수 없이 난 그 코를 벽에다 발랐고, 그것을 보신 선생님도 웃으셨다.

난 그 순간만큼은 세상 사는 걱정도, 문제도 잊고 코를 파게 된다. 난 여러 사람이 있을 때도 반드시 걸렸을 때는 뒤돌아서 파야 한다. 나에게 코 파기란 모든 문제의 탈출구이자 인생살이의 한 쾌감의 일부다. 만약에 코딱지가 없다면 파는 노력의 결실을 맛볼 수 없을 것이다.

2. 다음 글을 읽고 글쓴이가 자신의 주장을 펼치기 위해서 어떤 방법을 사용했는지 분석해 보고, 우리 주변의 문제에 대해 자신의 주장을 정리해서 논리적인 수필을 써 보세요.

불이 나야 튀어나오는 사회

요즘 사람들은 대부분 자기나 자기 가족밖에 모르는 것 같다. 예전에는 이웃도 한 가족처럼 생각하고 지냈다고 하는데 요즘에는 이웃이라는 말이 왜 있는지 모르겠다.

옛날에는 이웃과 그렇게 친했다는데 요즘에는 자기밖에 모르는 세상이 되었다. 이렇게 가다가는 가족도 나중에는 이웃처럼 상관도 안 하고 살게 될지도 모른다. 나도 자기밖에 모르는 삶을 겪은 사람이다.

여름에 더워서 현관문을 열고 있다가 닫을 때쯤에 누가 뒤에서 문을 잡아당기는 것이었다. 어머니께서는 잡아당기려 하다 힘이 달려 마침내 "도둑이야!" 하고 소리를 질렀다. 그런데 한 사람도 나와서 보는 사람이 없었다. 그리고 며칠이 지나고 우리 아랫집에 불이 났다. 아랫집에서 "불이야!" 하고 외쳤다. 그런데 그 소리를 듣고는 너나없이 모조리 다 나오는 것이었다.

나는 참 어이가 없었다. "도둑이야!" 하고 외칠 때는 한 사람도 보이지 않더니 "불이야!" 하니까 모조리 다 나오다니. 이렇게 심각할 줄은 몰랐다. 그래서 요즘에는 도둑과 범죄, 깡패 그런 나쁜 것들이 많이 늘어나는 것 같다.

인간이란 자기 혼자서는 못하는 일도 있을 수가 있는 것인데, 그렇게 자기 혼자라는 그런 생각을 하면 좋은 것은 하나도 없을 것이다. 그래서 옛 속담에도 이런 말이 있다. "뭉치면 살고 흩어지면 죽는다." 그런데 요즘에는 "흩어지면 살고 뭉치면 죽는다."라는 말로 변할 정도이다.

나도 이웃을 도와준 적은 없지만 도움 받은 적은 있다. 어느 날 아버지와 내가 냉장고를 들고 계단을 내려오는데 조금 무리였다. 그런데 옆집 아저씨께서 그것을 보시곤 도와주셨다. 또 열쇠를 안 가져와서 집에도 못 들어간 날이 있었다. 어머니께서 늦게 들어오시는 날이었다. 돈은 없고 배가 무척 고팠다. 그래서 어쩔 수 없이 이웃에게 도움을 받았다.

이렇게 도와 가며 살면 손해 볼 것은커녕 이득만 있다. '나만 좋으면 되

지….'라는 생각은 버려야 한다고 생각한다. 앞으로는 옛날처럼 이웃과 오순

도순 더불어 사는 사회가 됐으면 좋겠다.

5

내가 본 것을
너에게도 보여 줄게

기행문 쓰기

기행문이란 새로운 세계를 탐사해서
그곳에서 보고 듣고 느낀 것을 독자에게 소개하는 글이다.

　기행문은 여행을 하면서 보고 듣고 느낀 것을 적은 글입니다. 새로운 세계를 탐험하고 그 내용을 소개한 기행문은 역사적으로도 소중한 가치를 지닙니다. 최근에는 해외여행에 대한 관심이 부쩍 높아지면서 외국 여러 나라를 여행하면서 보고 들은 내용을 소개한 글들이 많습니다. 또한 여행과 함께 다양한 음식점과 음식 문화를 소개한 책들도 읽는 이의 흥미를 끕니다.

　그런데 기행문이라고 해서 반드시 무슨 해외여행이나 멀리 가서 경험한 것들만 써야 되는 것은 아닙니다. 우리 주변에 있지만 평소에는 눈길을 두지 않았던 것들에 대해 소개하는 글도 좋은 기행문이 될 수 있습니다. 학생들이 돈 들이지 않고 쉽게 할 수 있는 기행 과제는 바로 우리 동네 기행문입니다. 동네마다 독특한 음식 골목, 시장 골목 들이 있고 집들이 늘어선 골목의 풍경들도 서로 다릅니다. 평소에는 늘 그냥 지나치기만 했던 우리 동네의 명소나 골목, 음식점 들을 다른 사람들에게 알려 주는 기행문을 써 보면 우리 동네의 모습을 새롭게 발견할 수도 있습니다.

기행문의 구성 요소로는 흔히 여정, 견문, 감상 세 가지를 듭니다. 이것은 무슨 법칙 같은 것이 아니라 어디에 가서 무엇을 보고 들었는지, 그리고 무엇을 느끼고 생각했는지를 다른 사람들이 잘 알 수 있도록 구체적으로 쓰라는 것입니다. 기행문에서는 이 세 가지 요소가 균형 있게 제시될 경우 읽는 이가 잘 이해할 수 있습니다. 반면에 어느 한두 가지 요소에만 치중되어 있을 경우 읽는 이에게 불친절한 글이 되기 쉽습니다. 예를 들어, 여러 군데를 다녀와서 여정만 자세히 소개할 경우에도 읽는 이는 혼잡하고 지루하게 느끼기 쉽습니다. 여정이나 견문은 간략히 소개하고 감상만을 장황하게 늘어놓아도 읽는 이 입장에서는 흥미를 잃기 쉽습니다.

다음은 대학생들이 안동 월영교를 다녀온 뒤에 쓴 기행문입니다.

월영교 I

저희는 월영교를 목적지로 기행문을 쓰기 위해 다녀왔습니다.
처음에는 월영교를 가고, 그리고 여러 군데를 들렀다가 그다음에 돌아와서 쓰려고 했었습니다. 하지만 일정이 계획처럼 잘 이루어지지 않았습니다. 이제부터 기행문을 써 보도록 하겠습니다.

아침 8시에 일어나 기숙사 밥을 먹고 9시에 조원과 만나서 안동대학교에서 출발하여 안동역을 거쳐서 월영교까지 걸어갔습니다. 그런데 월영교까지 버스를 한 번만 타고 걸어가려면 안동역에 도착하기 전에 내려서 걸어가야 했었습니다. 그래서 생각보다 오래 걸리기는 했지만 가는 동안 조원들과 이야기도 하고 장난도 치며 걸어가다 보니 시간이 정말 빨리 지나갔습니다. 그렇게 오래 걸어서 월영교에 도착했는데 입구에서 엿을 팔고 있었습니다. 그래서 사 먹었는데 과연 사람들이 많이 사갈 만한 맛이었습니다. 그렇게 맛있게 엿을 먹으면서 월영교를 지나니 이육사의 시 '광야'가 적혀 있었습니다. 저는 '광야'를 보고 고등학교 때 국어 공부를 하기 싫어서 잠을 잤던 기억이 떠올랐습니다. 그때를 생각해 보니 정말 어린이 같은 생각이었습니다. 그리고 다시 월영교를 지나서 안동대학교로 돌아가려고 하는데 아까보다 더 친해져서 그런지 시간이 빨리 지나간 거 같았습니다. 그런데 막상 다녀와서 지금 생각해 보니 스트레스도 많이 풀리고 해서 중간고사 끝나고도 가고 싶습니다.

이 학생이 쓴 글을 보면 월영교로 가는 여정을 소개하는 내용이 절반

이 넘습니다. 그런데 정작 목적지에 가서는 월영교가 어떤지는 전혀 소개하지 않고, 엿 파는 이야기와 이육사의 시 「광야」에 대한 감상만 간략히 소개하고 있을 뿐입니다. 이 학생의 감상은 "스트레스도 많이 풀리고 해서 중간고사 끝나고도 가고 싶습니다." 하는 것이 전부입니다. 여정이 지나치게 많은 부분을 차지하고, 견문과 감상이 체계적이지 않고 매우 간략합니다. 이것으로 보아 이 학생은 기행문을 그냥 '어디에 갔다 온 이야기' 정도로 인식하고 있는 것으로 보입니다. 실제로 많은 학생들이 이런 형태로 기행문을 쓰는 경우가 많습니다.

월영교 2

건강한 사람도 감기에 걸리게 한다는 꽃샘추위가 기승을 부리는 요즈음, 우리가 월영교에 간다는 사실을 어떻게 알았는지 아침부터 해가 따스하게 우리를 비춰 주었다. 안동에 사는 나는 그동안 그곳에 여러 번 가 보았지만, 달에 관련된 설이 많아 이름 붙여진 월영교는 갈 때마다 새로운 느낌으로 나에게 다가왔다.

월영교에 처음 도착했을 때 넓디넓고 정말 푸르른 낙동강이 눈에 탁 들어와 내 마음을 정화시켜 주었다. 한동안 낙동강만 쳐다보다가 친구들이 불렀을 때에서야 강에서 눈을 뗄 수가 있었다. 요즈음 날씨가 그래서인지 월영교를 보러 오거나, 주변의 헛제삿밥이나 매운탕을 먹으러 온 사람들과 차로 북적북적하던 월영교가 오늘은 한산하고 조용하여 찬찬히 여유 있게 둘러볼 수 있었다.

월영교에 올라서서 왼쪽을 바라보니 안동댐이 보였다. 댐에서 물이 내려오는 것도 경치라 하면 할 수 있을 정도로 무척이나 아름다웠다. 해가 높이 뜨기 전인 오전에 가서인지 앞을 쭉 바라보고 걷다 보면 산을 배경으로 안개가 살짝 떠 있어 우리가 신선계로 들어가고 있다는 느낌을 받았다. 그래서인지 바깥에서 볼 때보다 그 위를 걷고 있을 때 다리의 자태가 더욱더 우아하고 고급스럽게 느껴졌다.

양옆에 낙동강을 끼고 서 있는 월영교를 걷다 보면 강바람이 정말 세다는 것을 느낄 수 있다. 바람에 몸을 맡기고 걸어가면서 본 다리의 상단은 나무이고 하단은 철제로 이루어진 독특한 구조였다. 다른 다리들에서 볼 수 없는 구조라 더욱 신기했다. 월영교를 쭉 따라 걷다가 중간에 누각이 하나 있어 걸음을 멈추었다. 팔각정이라고도 하는 누각의 이름은 '월영정'. 이름이 너무 아름답다는 생각이 들었다. 누구 하나 망설일 것 없이 월영정 위로 성큼 발을 내딛었다. 월영정 안에서 보는 낙동강의 경치는 너무 신선해서 내가 방금까지 걷던 다리 위가 아닌 새로운 장소 같았다. 사람마다 같은 글을 읽고도 다른 생각을 하듯이, 같은 장소라도 위치에 따라 새로운 느낌을 받는다는 것이 너무 신기했다.

저녁 무렵의 월영교는 다리 양쪽에 조명이 은은하게 켜져 마치 진주알들이 알알이 박혀 있는 느낌을 낸다고 한다. 우리는 비록 오전에 갔지만 밤에 월영교를 찾아가 그 다리를 따라 걷고 있으면 마치 고고한 선비가 책을 읽다가 산책을 나온 것 같은 기분을 느낄 수 있을 것 같다. 다음번에는 밤에 오기로 약속한 후 아쉬운 발걸음으로 돌아 나왔다.

요즘같이 정신없이 빠르게 변화하고 지나가는 시대에 한번 쉬어 가는 여유를 느끼게 해 주는 여행이었다. 다리 위를 걷고 있노라면 복잡하고 답답했던 생각들이 사라지고 마음을 시원하게 만들어 요새 흔히들 말하는 힐링이 되는 느낌이었다. 월영교는 바쁘게 흘러가는 시간 속에서 누군가가 마음의 여유를 원한다면 꼭 한번 가 보라고 추천하고 싶은 그런 곳이다.

이 학생의 글은 기행문의 구성 요소인 여정, 견문, 감상 중에서 어떤 것이 더 많은 비중을 차지하고 있을까요? 앞의 글과 달리 이 글에서는 여정은 거의 생략되었고 견문도 간략한 반면에 감상이 많은 비중을 차지하고 있습니다. 그런데 감상이 "푸르른 낙동강이 눈에 탁 들어와 내 마음을 정화시켜 주었다.", "우리가 신선계로 들어가고 있다는 느낌을 받았다.", "마치 고고한 선비가 책을 읽다가 산책을 나온 것 같은 기분을 느낄 수 있을 것 같다."처럼 다분히 상투적인 표현이라서 읽는 이가 글쓴이의 감상을 과장된 것으로 느낄 가능성이 높습니다. 이처럼 지나치게 감상 위주로 글을 쓸 경우에도 읽는 이는 월영교가 과연 어떤 곳인지에 대해 정확한 정보를 얻기 어렵습니다. 따라서 "누군가가 마음의 여유를 원한다면 꼭 한번 가 보라고 추천하고 싶은 그런 곳"이라고 글쓴이는 말하지만 읽는 이가 그것을 공감하지 못한다면 설득력을 얻기 힘들겠지요.

월영교 3

유난히도 날씨가 좋았던 28일 목요일에 공강 시간을 활용해 안동댐 월영교로 출발했다. 겨울이 지난 후 오랜만에 내리쬐는 따뜻한 햇볕에 눈이 부셔 기분 좋게 눈이 찌푸려졌다. 20분 정도 버스와 택시를 타고 월영교에 도착할 수 있었다. 생전 처음 가 보는, 모르는 길이라서 그런지 설렘이 두 배, 세 배가 되었다. 월영교에 도착하자마자 푸르고 넓은 강이 새파란 하늘 아래에 끝없이 펼쳐졌다. 월영교는 일직선으로 강을 가르며 쭉 뻗어 있었다. 그 기막힌 풍경에 나는 감탄사를 쉴 새 없이 내뱉으며 다리에 올라섰다. 이 아름다운 풍경을 간직하기 위해 사진에 풍경을 담으면서 다리의 한가운데까지 계속 걸어갔다.

끝없이 펼쳐진 강 끝에 보이는 산은 언어 시간에 배웠던 정철의 작품을 떠오르게 했고, 강 너머로 보이는 아파트들은 내가 서울의 한강에 와 있는 것인가 하는 착각을 하게 했다. 강 한가운데에 서 있는 기분을 한껏 즐기고 싶어서 그 자리에 계속 머물러 있고 싶다는 생각이 들었지만 앞으로 걸어 나가는 동기들을 따라서 나도 육지를 향해서 걸어가야만 했다.

아쉬운 마음을 뒤로하고 다리를 다 건넜을 무렵, 보기만 해도 올라가기 힘들어 보이는 계단이 있었다. 마치 여고의 등굣길처럼 경사진 곳에 길게 펼쳐져 있었다. 너무 들뜬 나머지 '이런 건 별거 아니지.'라고 생각하며 힘차게 계단을 올랐더니 얼음을 저장해 놓는 창고인 '석빙고'가 보였다. 석빙고의 내부에도 들어가 보고 싶었지만 철창으로 막아 놔서 감옥 같은 모습밖에 볼 수 없었다. 여러 집들을 거쳐 물레방아가 하나 보였다. 하지만 물이 말라서 제 기능을 못 하고 있는 물레방아가 왠지 안쓰러웠다. 그 건너편에는 호수가 하나 있었는데, 호수 너머에 있는 강과 어우러진 모습이 참 멋져서 멋있게 가꿔 놓은 부잣집의 별장에 온 기분이 들었다.

기행을 마치고는 월영교 앞에 있는 식당에서 헛제삿밥을 먹었다. 여러 나물들이 서로 어우러져 내는 맛과 향이 안동댐에 있는 풍경들과 참 많이 닮았다는 생각이 든다. 기행 숙제였지만 대학교 적응과 과제 때문에 바빴던 마음이 잠시나마 치유되는 기분이었다.

이 학생의 기행문에는 여정과 견문, 감상이 비교적 균형 있게 제시되어 있어 덜 지루하다는 느낌을 받습니다. 그리고 사진을 첨부하여 월영교가 어떤 곳인지 읽는 이들이 좀 더 잘 이해할 수 있도록 했습니다. 그러나 이 학생의 여정과 시선의 이동이 너무 빨라서 읽는 이가 따라가기에는 다소 벅찬 느낌입니다. 자신이 간 곳과 본 것, 그리고 그 감상을 배경 설명 없이 나열해서 읽는 이가 상황을 이해하기 어렵게 만들었습니다. 이 학생은 월영교에 도착해서 다리를 설명하다가 다리 한가운데로 가서 건너편 산을 봤다가, 다시 다리에서 멀리 떨어진 건너편 하류에 위치해 있는 아파트 단지를 보고 있습니다. 그러고는 다리를 건너서 석빙고에 올랐고, 다시 상류 쪽에 있는 민속촌으로 이동해서 호수라기보다는 연못에 가까운 물가 풍경을 구경하고 있습니다. 이런 글쓴이의 동선을 이해하기 위해서는 다리의 위치와 규모, 크기 등에 대한 정보가 제시되어야 하고, 다리 이쪽과 저쪽의 모습이 어떤지를 먼저 소개했어야 합니다. 그런데 아무런 배경 설명 없이 이쪽저쪽으로 돌아다니기 때문에 읽는 이가 상황을 이해하기 힘들지요.

월영교는 안동댐의 하류에다가 철제 다리를 지그재그로 설치하고, 그 위에 나무를 얹어서 시민들이 건너다니도록 만들어 놓은 것입니다. 다리 한가운데에는 월영정이라는 누각을 설치해 시원한 전망을 누릴 수 있도록 했습니다. 다리 이쪽에는 주차장과 상점들이 늘어섰지만 다리 건너편은 숲이 우거진 모습이며, 왼쪽에는 민속촌이 조성되어 있고 오른쪽에는 석빙고 등이 있습니다. 또 강 양쪽으로 강을 따라 산책길이 조성되어 있어 시민들이 강변을 따라 산책할 수 있도록 했습니다.

이처럼 월영교에 대한 전체적인 소개를 하고 나서 다리의 모습이나 그 위에서 보이는 전경과 느낌 등을 묘사한다면, 읽는 이들이 좀 더 쉽게 글쓴이의 동선을 따라가며 글쓴이가 느꼈던 기분을 함께 느낄 수 있을 것입니다. 즉, 읽는 이가 여정을 이해할 수 있도록 배경 설명을 하면서 견문과 감상을 균형 있게 제시해야 이곳에 대해 잘 모르는 읽는 이라도 충분히 이해할 수 있습니다. 또한 자신이 여행한 모든 것을 다 소개할 필요는 없고, 소개하고자 하는 핵심적인 대상을 중심으로 자세히 소개하는 전략이 필요합니다.

창동역의 닭꼬치 경쟁 지역을 다녀와서

명진우(도봉고 1)

푸르고 높은 가을 하늘의 여유로움에 취해 있던 중 문득 한 개의 닭꼬치가 그리워졌다. 본디 사람들이 닭꼬치의 화(火)한 맛은 겨울에 즐겨야 한다고 생각하기 쉬우나 그것은 몰라서 하는 말이다. 여름에는 너무 기가 쇠하여져 닭꼬치의 깊은 풍미를 느끼기 힘들고, 겨울엔 혀와 입이 둔해져 역시 닭꼬치를 즐길 수 없다. 봄과 가을 중에서도 특히 가을에는 몸의 양기와 음기가 거의 같아지면서도 양기가 약간 부족하니 닭꼬치로 쇠해진 양기를 보충해 주기에 제일 적격이다. 어쨌든 간에 나는 닭꼬치의 명소로 알려진 창동역으로 발걸음을 옮겼다. 가는 도중에 마치 그리스신화의 황금사과인 양 매달려 있는 은행 열매와 선선히 내 코를 간질이는 배기가스와 가을바람에 취해 두어 번 발걸음을 멈추었지만 20여 분의 긴 여정 끝에 비둘기 떼들이 나를 맞이하는 창동역에 무사히 다다를 수 있었다.

첫 번째로 들어간 곳은 횡단보도 앞 '불닭꼬치 지점'. 먼저 입맛을 돋우기 위해 '소금구이 맛'을 주문했다. 한 입 베어 무니 입안에 짭짤한 구운 소금의 향과 담백한 닭 맛이 어우러져 개운한 맛이 입안에 퍼졌다. 최근 닭꼬치 열풍에 동반해 생겨난 아류점인데도 불구하고 깔끔한 맛을 자랑했다. 단, 닭기름이 부분부분 남아 있는 게 아쉬웠다.

바로 횡단보도를 건너 거리를 지나가다 옛 롯데리아 터가 눈에 띄었다. 롯데리아가 사라지고 싸구려 화장품 판매점이 들어섰으나, 군데군데 남아 있는 롯데리아 마크와 의자가 옛 추억을 떠올려 주었다. 순간, 왠지 모르게 마음이 울적해졌다.

롯데리아 터를 벗어나 길가 모서리에 생긴 신설 닭꼬치점에 들어가 닭꼬치를 주문했다. 기다리는 동안 가게를 살펴보니 미리 구워 놓은 닭, 비효율적인 양념통 배열에서 초보 닭꼬처(Chicken GGocher : 닭꼬치 굽는 사람)의 분위기가 물씬 풍겼다. 부분적으로 손질이 부족하고 푸석푸석한 면이 없지 않았으나 1,000원인 가격에 비하면 괜찮은 편이었다. 값을 지불하고 걷기 시작했다. 겨울이 되면서 들어선 빨간 어묵 집의 깊고 매콤한 풍미가 나의 코를 유혹했다. 400원을 내고 어묵 한 개와 어묵 국물을 들이키니 개운하니 입안이 아주 깔끔해진 느낌이 들었다.

창동역 다리 아래의 비둘기 똥 지대를 지나자 닭꼬치 4대 명물중 하나로 불리는 '핵 불닭꼬치-20여 명의 요리사가 엄선해서 만든 소스를~' 집이 보였다. 냄새만 맡아도 목구멍이 뜨끈해지는 것이 벌써부터 그 맛이 심상치 않음을 나타내 주었다. 두근대는 마음을 진정시키며 최고 명물 '핵폭탄3 닭꼬치'를 시켰다. 한 입 깨무는 순간, 나의 이성이 끊어졌다. 아! 그 궁극의 매움이라! 그것은 이미 인간이 버틸 수 있는 혀 감각의 한계를 넘은 것처럼 보였다. 어떻게 남은 부위를 다 먹었는지도 기억하지 못하며, 이마트의 정수기 앞으로 달려가 무려 20분 동안 물만 마셨다. 잠시라도 손을 쉬면 매운 고통이 목구멍과 성대를 끊임없이 괴롭혔기 때문에 무려 50컵 이상이나 마셨다. 나중에 들어 보니 그 핵폭탄 맛 꼬치는 리필이 가능하다고 한다. 모험과 도전, 공포를 선호하는 사람에게 추천해 주고 싶다.

아직도 얼얼해진 혀를 감싸고 마지막 목적지이자 명물 닭꼬치 전통집인 '꼬지필'로 향했다. 2년이 넘는 오랜 전통이 있다고 한다. 이곳이 2년 넘게 성공을 계속하는 이유는 맛과 서비스에서 찾을 수 있다. 지방, 껍질, 어느 하나도 소홀히 하지 않는 철저한 고기 손질, 마요네즈와 겨자 소스를 상큼하게 처리한 오리지널 소스, 고기 깊숙이까지 밴 양념과 보드라움, 얼얼해진 내 혀로도 충분히 그 순수하고도 풍부한 맛을 느낄 수 있었다. 닭꼬치 기행의 마지막을 멋지게 장식할 만한 훌륭한 맛이었다. 서비스 면에서도 성심을 다하는 접객 태도, 닭꼬치를 꼬챙이가 아닌 종이 접시에 담아 주는 것-특히 이것은 먹을수록 점점 먹기 불편해지는 기존 닭꼬치의 약점을 보완한 혁신적인 서비스- 등 굉장히 신선했다.

네 군데의 꼬치점을 둘러보고 오니 입안에 싱그러운 맛이 가득 차 개운해지는 것 같았다. 그 싱그러움은 내 마음에서 솟아났을까, 내 마음은 보람으로 가득 찼다. 정말 훌륭한 닭꼬치 기행이었다.

이 학생은 과장된 표현을 사용해 닭꼬치 기행을 매우 흥미롭게 묘사했습니다. 닭꼬치 골목으로 가는 여정도 간략히 설명하고, 닭꼬치 가게를 차례로 들르면서 그 집 닭꼬치의 특징을 설명했습니다. 맛이 어떤지도 자세히 소개했습니다. 여정이 분명하고 들어간 닭꼬치점마다 그 특징을 자세히 설명하면서도 감상을 재미있게 표현해서 자칫 지루할 수 있는 내용을 흥미롭게 만들고 있습니다. 이 글을 읽은 사람들이 창동역 닭꼬치 골목에 가고 싶다는 반응을 보였을 정도로 이 글은 읽는 이에게 흥미를 불러일으키기에 충분합니다. 이처럼 기행문은 여정, 견문, 감상 등이 균형을 이루어야 하며, 여행지에 대한 정보가 충실할 때 보다 더 흥미롭게 읽을 수 있습니다.

쓰기연습

1. 다음 글을 읽고 글쓴이가 여정, 견문, 감상을 어떻게 구성했는지 이야기해 보세요.

기행문 쓰기

오늘은 학교 숙제를 위해 도깨비 시장을 선정하여 기행문을 쓰려고 시장에 갔다. 가기 전 친구들과 함께 당구장에 가서 열심히 당구를 쳤다. 그날따라 나는 당구가 너무 잘 되어서 친구들이 '당신'이라고 불렀다. '당신'은 '당구의 신'을 줄인 말로 친구들 사이에 쓰였다. 그리고 친구들과 헤어져 버스를 타고 도깨비 시장으로 향했다. 버스 창문 밖으로 빨강, 노랑, 색동옷을 입은 단풍나무들이 보였다. 어느새 시장 앞에 내려 넓고 긴 뱀 모양의 시장으로 들어가게 되었다.

도깨비 시장은 옛날보다 세련되고 한층 고급스러워졌다고 말할 수 있다. 옛날에는 비만 오면 파라솔 같은 것을 폈고 좁은 길을 우산을 쓰며 다녔지만, 지금은 비가 와도 새지 않으며 폭도 더 넓어졌다. 시장 입구 옆에는 떡집이 자리를 지키고 있었다. 이 떡집은 시장에 단 하나밖에 없으며 맛이 아주 뛰어나다. 특히 팥떡은 팥과 떡이 어우러져 쫀득쫀득하면서 질기지도 않은 맛이었다.

떡집 옆에는 생선 집이 있었다. 생선 집의 생선은 매일 신선한 것들이 진열

대 위에 떡 하니 누워 있으며 초롱초롱한 눈으로 손님들을 째려보고 있다. 갈치를 보면 한마디로 실버라는 말을 나오게 한다. 빛은 눈부시며 색깔이 곱다고 할 수 있을 것이다. 갈치는 피부가 곱고 잘 다루어야 은빛이 벗겨지지 않는다. 갈치를 다룰 때에는 첫날밤 색시를 다루듯이 살살 다루어야 한다고 웃으시며 말씀하시는 생선 집 주인의 얼굴을 지금도 잊을 수가 없다.

어느덧 시장 조사를 마치고 나니 출출하여 더는 걷지 못할 정도가 되었다. 시장 중심에 위치한 먹거리 집, 값싸고 배부른 순댓국 집을 찾아갔다. 어렸을 때 아빠 손을 잡고 목욕탕에 갔다가 순댓국 집에 들렀던 생각이 났다. 그때의 주인 아줌마께서 지금도 장사를 하고 계셨다. 아줌마께서는 어느덧 흰머리가 많아지셨다. 세월이 흘렀어도 그때 순댓국 맛과 비슷하였다. 아니, 더 맛있었던 것 같다. 순댓국을 먹을 때에는 잊어선 안 되는 것이 있다. 매운 고추를 썰어서 순댓국에 넣어 먹으며, 새우젓으로 간을 보고 깍두기에 젓가락 하나를 꽂아 먹는 센스가 있어야 한다. 이 집은 순댓국뿐만 아니라 깍두기가 무지 맛이 있다. 깍두기와 순댓국의 조화는 라면을 먹을 때의 신 김치와 비교해도 결코 뒤지지 않을 것이다. 순댓국을 먹고 집으로 돌아왔다.

시장은 옛날이나 지금이나 많은 사람들이 걸어 다니고 있었고, 인심이 많았으며 체질도 많이 개선되었다. 다른 친구들은 산이나 청계천 등 좋은 곳을 갔다. 하지만 난 가까우면서도 더 많은 것을 보았을 것이라고 생각하고 아주 만족스럽게 이 글을 쓰고 있다. 가을철이라 쌀쌀했지만 시장은 그렇지 않고 따뜻한 어머니 품과 같이 훈훈하고 따뜻한 정이 묻어 있었다.

2. 윗글을 본문의 「창동역의 닭꼬치 경쟁 지역을 다녀와서」와 비교해 보고 어떤 차이가 있는지 이야기해 보세요.

3. 우리 동네 골목길이나 시장, 음식점을 정해서 다녀 본 뒤 기행문을 써 보세요.

6

꼼꼼하게 혹은
삐딱하게

감상문 쓰기

작가의 의도를 충실히 파악하는 것도 중요하지만
자신의 입장에서 작품의 의미를 해석하고 평가하는 것이 중요하다.

　감상문은 책이나 영화에 대한 감상을 적은 글입니다. 따라서 감상문을 잘 쓰기 위해서는 먼저 책이나 영화를 잘 읽어야 합니다. 그렇다면 책이나 영화를 잘 읽는다는 것은 무엇을 뜻할까요? 그것은 말이나 장면의 뜻을 잘 새기는 것입니다. 겉으로 드러나는 뜻만이 아니라 겉으로 드러나지 않는 속뜻을 찾아내어야 잘 읽는다고 말할 수 있습니다. 문자는 기호이기 때문에 그 뜻을 새기는 것이 당연합니다. 그리고 영화의 경우에도 장면이나 이미지는 기호로서의 의미를 갖기 때문에 그 뜻을 새기는 것이 필요합니다. 따라서 무언가를 읽는다는 것은 결국 문자나 이미지와 같은 매체를 통해서 표현하고자 하는 글쓴이의 마음이나 의도를 추론하는 행위라고 할 수 있습니다.

　다음 금연 광고에서는 "태워야 할 것은 담배가 아니라 미래를 준비하

태워야 할 것은 담배가 아니라
미래를 준비하는 열정입니다

공익광고협의회

는 열정입니다."라는 문구와 함께 연필이 타서 재가 되어 버린 이미지를
보여 주고 있습니다. 광고 문구를 보면 담배를 '태우는 것'과 열정을 '태
우는 것'을 대응시켜 담배를 태울 때마다 지금은 미래를 위해 열정을 태
울 때라는 생각을 하도록 했습니다. 이 광고에서는 광고 문구와 함께 연
필이 타서 재가 되어 버린 이미지를 제시했습니다. 재가 된 연필 이미지
는 청소년들에게 담배를 태우는 동안 공부에 대한 열정 또한 타서 재가
되어 버릴 것이라는 암시를 주고 있지요.

　이처럼 문자나 이미지는 읽는 이에게 여러 가지 메시지를 주고 있습
니다. 따라서 그저 무심히 보기만 해서는 그 의미를 깊이 이해하기 어렵
습니다. 그렇기 때문에 제시된 글이나 이미지가 어떤 의도로 선택된 것
인지 행간의 의미를 적극적으로 읽는 것이 필요합니다. 특히 이미지의

경우에는 실제 사실을 있는 그대로 보여 주는 것이라고 생각하기 쉽습니다. 그러나 이미지도 문자와 마찬가지로 만든 사람의 의도를 표현하는 수단입니다. 왜 하필 그 장면을 제시했는지 만든 이의 의도를 추론할 필요가 있습니다.

자동차에 치인 눈사람

최승호

자동차는 말썽이다. 왜 하필 눈사람을 치고 달아나는가. 아이는 운다. 눈사람은 죽은 게 아니고 몸이 쪼개졌을 뿐인데, 교통사고를 낸 뺑소니차를 원망하는 것이리라. 「눈사람은 죽지 않는단다. 꼬마야, 눈사람은 절대 죽지 않아.」 아이는 나를 빤히 쳐다본다. 「아저씨, 눈사람은 죽었어요. 죽지 않는다고 말하니까 이렇게 죽었잖아요.」

　－ 『눈사람』, 세계사, 1996

이 시는 눈사람을 치고 달아난 자동차에 대해 말하는 이와 아이가 나눈 대화를 보여 줍니다. 말하는 이가 아이를 위로하려고 하였으나 오히려 더 큰 상처를 주고 말았지요. 이 시를 학생이 어떻게 읽었는지 감상문을 읽어 볼까요?

「자동차에 치인 눈사람」을 읽고

김예은〈도봉고 2〉

이 시의 배경이 겨울이고, 비록 사람이 아닌 눈사람을 치긴 했지만 어쨌든 사고를 내고 뺑소니를 친 사람이 등장함에 요즘 시대의 각박함과 차가움을 느꼈다. 하지만 이런 배경에 어린아이를 끼워 넣음으로써 따뜻함과 순수함도 느낄 수 있었다. 자동차가 눈사람을 치고 달아났다고 아이는 운다. 어른은 이렇게 말한다. "눈사람은 죽지 않는단다. 꼬마야, 눈사람은 절대 죽지 않아." 이 시대 어른들의 메마른 눈물과 정을 단박에 드러내 주는 한 구절이었다. 물론 생명이 없는 눈사람이지만 눈사람은 아이가 추위를 견뎌 내며 작은 손으로 이뤄 낸 하나의 산물이며 꿈이다. 하지만 어른들의 작은 실수 하나로 아이의 꿈은 조각이 나고 말았다. 하지만 또 한 명의 어른은 말한다. 눈사람은 죽지 않는다고.

눈사람은 그저 눈사람일 뿐이라는 것이다. 하지만 아이는 "아저씨, 눈사람은 죽었어요. 죽지 않는다고 말하니까 이렇게 죽었잖아요."라고 말한다. 아이는 눈사람에게 없는 생명을 느끼고 있고 어른들은 볼 수 없는 존재를 본 것이다. 눈사람의 존재를 부정하고 잊어버릴 때 눈사람은 정말 죽는 것이다. 꿈은 지워지고 희망도 사라지는

것이다. 시대의 흐름을, 고통과 좌절, 실패에 찌든 어른들은 가질 수
없는 것을 아이는 보고 있는 것 같다. 희망의 존재를 부정할 때 다가
오고 기다리던 희망도 결국 꺼져 버린다는 메시지를 주는, 짧고 뜨겁게
와 닿는 시였다. 꼬마의 마지막 말이 여운을 남기는 따뜻한 시였다.

이 학생은 "자동차는 말썽이다. 왜 하필 눈사람을 치고 달아나는가.
아이는 운다." 이 부분을 읽으면서 "사고를 내고 뺑소니를 친 사람이 등
장함에 요즘 시대의 각박함과 차가움을 느꼈다."라고 하고 있습니다. 말
하는 이는 눈사람을 치고 지나가는 차를 '뺑소니'라고 표현했습니다. 자
동차는 눈사람이기 때문에 그냥 치고 지나갔을 수도 있습니다. 법적으로
뺑소니라고 할 수는 없습니다. 그런데 말하는 이는 이것을 '뺑소니'라고
말합니다. 이는 그 사건을 '우는 아이'의 시선으로 바라보았기 때문이라
고 할 수 있습니다.

말하는 이는 아이를 위로하기 위해서 "눈사람은 죽지 않는단다. 꼬마
야, 눈사람은 절대 죽지 않아."라고 말하지만 이 말은 오히려 아이를 더
욱 절망적인 상황으로 빠뜨리고 있습니다. 이 말 또한 어른의 시각에 사
로잡혀 있는 말이기 때문입니다. 어른이 보는 세상과 아이들이 보는 세
상은 이처럼 완전히 다른 세상입니다. 두 세계는 완전히 서로 다른 세계
로 나뉩니다.

이 학생은 언뜻 보면 말장난 같은 표현을 꼼꼼히 읽어 나가면서 행간의 뜻을 새기고 있습니다. 그리고 이 작품에서 "희망의 존재를 부정할 때 다가오고 기다리던 희망도 결국 꺼져 버린다."라는 메시지를 읽어 냅니다. 이 학생이 읽어 낸 메시지는 시인이 의도한 것일 수도 있지만, 어쩌면 시인이 미처 의도하지 않았던 것일 수도 있습니다. 중요한 것은 시인이 의도한 것인가 아닌가가 아니라 읽는 이 자신이 어떤 의미를 찾아낼 것인가 하는 것입니다. 읽는 이가 글 속에서 다양한 의미를 찾아내기 위해서는 '왜 주인공은 그런 행동을 했을까?' 혹은 '왜 저자는 이런 표현을 했을까?'라는 의문을 갖고 꼼꼼하게 읽을 필요가 있습니다. 감상문은 결국 글을 읽으면서 읽는 이가 제기한 의문에 대해 스스로 찾은 대답이라고 할 수 있습니다.

『홍길동전- 춤추는 소매 바람을 따라 휘날리니』를 읽고

김혜수(장위중 1)

『홍길동전- 춤추는 소매 바람을 따라 휘날리니』를 읽었다. '홍길동'에 대해서는 의로운 도적이라는 것밖에는 아는 것이 없던 내가 이 책을 읽고 홍길동이란 인물에 대해 의로운 도적이라는 것뿐만 아니라 홍길동이 살았던 시대의 부조리나 느꼈던 갈등 등에 대해 새로이 알게 되었다. 이 이야기의 줄거리는 천비의 몸에서 태어난 홍길동이란 인물이 신분 차별을 분히 여겨 백성을 도와주는 의로운 도적이 되었다가, 자신이 원하는 신분 차별이 없는 '율도국'이란 나라를 세운다는 내용이었다.

주인공 길동은 많은 갈등을 느끼게 된다. 그러나 그 갈등들은 결국 자신이 원하는 율도국이란 나라를 세우는 데 디딤돌이 된다. 그의 갈등은 먼저 가정 안에서 가족의 한 구성원으로서 대우받지 못한다는 것이었다. 즉, 그의 어머니가 단지 '종'이란 신분을 가졌기 때문에 자신도 종이 되어 차별받는다는 것이다. 그래서 그는 호부호형하지 못하고 여기서 심한 갈등을 느낀다. 둘째, 그는 뛰어난 실력의 소유자임에도 불구하고 문인으로서도 무인으로서도 벼슬길에 오를 수 없음에 갈등을 느꼈다.

먼저 '홍길동전'에 나오는 여러 가지 문제점들을 분석해 보았다. 그중에는 홍길동 자신이 알고 있었던 것도 있었고 또 미처 깨닫지 못한 문제점도 있었다. 조선 시대를 배경으로 한 소설이기 때문에 조선 시대의 문제점일 것이다. 난 이것을 세 가지로 나누어 보았다.

첫째, 노비는 마치 하나의 평등한 인간이 아닌 물건처럼 동물처럼 다뤄지고 있었다. 그 문제점은 홍길동의 어머니 '춘섬'에게서 발견할 수 있다. 홍길동의 출생은 순전히 대감의 뜻으로 된 것이며, 그의 종 춘섬의 의사와는 매우 무관한 것이었다. 노비는 자신의 의지를 나타내 보이지도 못한 채 주인의 원대로 행동해야만 했고, 그것은 매우 잘못된 일이라고 생각한다. 왜냐하면 노비도 하나의 사람이고 모든 사람은 평등하기에 어느 한쪽이 어느 한쪽을 동물처럼 함부로 다룰 수는 없기 때문이다. 만약 길동의 아버지 홍 대감의 강제적인 임신이 아니었더라면, 길동이란 인물은 어쩌면 정상적인 가정에서 평등한 신분으로, 자신의 특별한 재주를 마음껏 발휘하면서 살았을 것이다. 적어도 자신의 집에서 나오는 일은 벌어지지 않았을 것이다.

둘째, 이 소설 속에서는 일부다처제가 많이 등장한다. 길동의 아버지, 길동과 심지어 길동이 만난 요괴까지도 모두 부인이 많았다. 길동과 그의 어머니는 '초낭'이라는 대감의 또 다른 첩의 시샘 때문에 생명의 위협까지 받았다. 또한 길동이 요괴에게 잡혀 있던 사람들을 구해 주었을 때 그중 한 여인의 아버지는 오히려 길동에게 자신의 딸을 첩으로 주길 바랐다. 이 문제의 바탕엔 유교를 중시한 조선 시대의 남존여비 사상이 깊숙이 깔려 있다. 남녀의 차이는 있지만 차별은 있어선 안 된다고 생각한다.

셋째, 대부분의 서민들은 풍족한 삶을 살 수 없었다. 서민들이 애써 농사지은 곡식들은 탐욕스런 관리들의 손으로 들어가 곡식 창고를 가득 채웠고 서민들은 굶주릴 수밖에 없었다. 심지어는 죄없는 사람들이 감옥에 갇히기도 했다. 홍길동조차도 이 문제를 완전히 해결했다고는 생각지 않는다. 그가 아무리 '활빈당'을 세워 가난한 백성을 구제했다 해도 그것은 일부였을 뿐, 결코 조선 땅에서 그 문제를 완전히 해결하지는 못했다.

이러한 사회 부조리 속에서 그는 그가 세우게 될 율도국을 꿈꾸었으리라. 율도국은 신분제도가 없어 능력대로 관리를 등용하고 신분 차별이 없는 곳이었다. 모두가 만족할 수 있을 만큼 풍요로워 관리들은 부정행위를 저지르지 않고, 근심도 도적도 없는 사회. 이것이 길동이 꿈꾸었고 또 세웠던 나라이다.

'홍길동전'이 주는 표면적인 의미는 아마도 신분 차별을 하지 말자는 것일 것이다. 그러나 근본적인 의미는 사회 부조리는 결코 방치되어선 안 되며, 그것은 반드시 고쳐지고 없어져야 된다는 것이라고 생각한다. 비록 그 없애고자 하는 이가 한 개인일지라도 그는 자신이 가진 능력을 최대한 사용하여 없애야 한다는 의미라고 생각한다.

이 학생의 감상문은 크게 두 가지로 구성되어 있습니다. 앞부분은 줄거리 요약과 함께 길동이 느꼈던 갈등 두 가지를 소개하고 있고, 뒷부분에서는 『홍길동전』을 읽고 느꼈던 글쓴이의 감상을 본격적으로 제시했습니다. 이 학생은 작품의 내용을 충실히 파악하는 것만으로는 충분치 않다고 느꼈기 때문에 뒷부분에서 자신이 느꼈던 감상 내용을 자세히 소개한 것이지요.

　홍길동의 시대는 노비를 인간으로 인정해 주지 않았으며 일부다처제가 많이 등장했습니다. 서민들의 삶이 힘들었던, 상식에 어긋나는 비합리적인 사회였습니다. 따라서 홍길동은 이러한 사회적 부조리가 없는 이상 사회로서 율도국을 건설했습니다. 이 학생이 책에서 읽어 낸 의미는 "사회 부조리는 결코 방치되어선 안 되며, 그것은 반드시 고쳐지고 없어져야 된다."라는 것입니다.

　홍길동전의 표면적인 주제는 신분 차별을 해서는 안 된다는 것이지만, 글쓴이 자신이 느낀 것은 사회 부조리는 방치되어서는 안 된다는 것이었습니다. 글쓴이가 느끼는 사회 부조리의 핵심은 조선 사회가 남녀 차별이 심한 사회라는 것이었습니다. 남녀 차별의 문제는 길동의 이야기에서는 중요하게 다뤄지는 주제가 아니었습니다. 그럼에도 불구하고 이 학생은 『홍길동전』에서 남녀 차별의 문제를 읽어 내고 이것을 사회 부조리의 핵심적인 요소로 제시했습니다.

　『홍길동전』은 당시 조선 사회가 지닌 신분제도의 모순과 관리들의 부패를 고발했다는 점에서 상당히 진보적인 소설이라고 할 수 있습니다. 그러나 이 소설에서는 글쓴이가 지적한 남녀 차별의 문제까지 진지하게 다루지는 못했습니다. 그런 점에서 보면 글쓴이는 이 소설이 안고 있는 한계를 날카롭게 지적하고 있습니다. 물론 이것은 글쓴이가 여학생이었기 때문에 좀 더 민감하게 느꼈던 부분일 수도 있습니다. 어쨌거나 작가의 의도를 파악하는 데서 나아가 작품의 내용을 자신만의 시각에서 해석하고 평가하고자 했다는 점에서 의미가 있습니다.

<쉰들러 리스트>를 보고

이인행(성내중 2년)

아카데미상을 휩쓴 유명한 영화 '쉰들러 리스트', 사람들은 모두 훌륭한 영화라고 입을 모아 칭찬하지만 나만은 그 영화를 좀 비판하겠다.

첫째, 영화에서는 쉰들러를 포함한 모든 독일인을 방탕하고 나쁜 악인으로 표현했다. 쉰들러를 방탕하게 표현했다니 웬 말인가 하는 사람도 있겠지만 영화상에서 그의 방탕한 면을 필요 이상 보여 주며 관중들이 거기에 거부감을 느끼지 못하도록 코믹적인 요소를 섞어 놓았다. 또 영화를 보면 알 수 있듯이 호색하고 방탕한 쉰들러가 꼭 영리한 유대인 부하의 충고 때문에 방탕한 생활을 청산하고 유대인을 돕는 것처럼 나온다. 이것은 방탕한 쉰들러가 유대인 부하 때문에 착해진다고 말하려는 것으로 보인다.

둘째, 이 작품을 만든 스티븐 스필버그는 영화계의 1인자로 불리며 그가 히트시킨 영화는 'E.T.', '인디아나 존스', '쥐라기 공원', '후크' 등 셀 수 없을 만큼 많다. 그는 카메라 기교로 많은 사람을 흥분, 긴장시키는 천재로 많은 영화를 흥행시켰다. 그러나 그는 이 '쉰들러 리스트'에서는 결코 카메라 기교를 사용하지 않겠다고 했다. 그이유는 "자신도 유대인인 만큼 이 영화는 역사적 사실을 배경으로 진실만을 보여 줘야 한다."라는 것이었다. 그는 덧붙여 말했다. "이 영화를 쥬라기 공원 3개와도 맞바꾸지 않겠다."라고. 그러나 그는 '쉰들러 리스트'에도 카메라 기교를 사용했다. 그는 카메라 기교를 사용하여 사람들에게 독일인은 더 악랄한 사람이란 것과 유대인은 불쌍하다는 인식을 심어 놓았다. 그 예는 많다. 독일인들의 무분별하고 방탕한 생활과 살해 장면을 필요 이상 보여 주고 영화가 흑백임을 이용해 더 잔인하게 표현했다. 독일인이 유대인 머리를 총으로 쏘았는데 머리에서 흐르는 검붉은 피가 눈에 스며들며 번지는 장면 등이 그 예를 잘 말해 주고 있다.

마지막으로 더 큰 문제는 사실만을 보여 주겠다고 한 그가 상상으로 쓴 부분이 있다는 것이다. 쉰들러 리스트에 뽑힌 유대인들이 기차를 타고 쉰들러의 고향 체코로 가야 하는데 착오로 인해 유대인 가스실로 유명한 아우슈비츠로 간다. 그 사실을 알게 된 쉰들러가 그곳에 있는 사람들에게 말해 유대인들은 죽지 않고 다시 오는데, 그 과정 중에 유대인을 가스실에서 죽이기 전 작업인 머리카락을 짧게 깎는 것을 쉰들러의 유대인들에게도 시키고 밀폐된 공간에 그들을 집어넣는 이야기가 나온다. 그때 갑자기 불이 꺼지며 그들은 죽음을 각오하지만 가스 대신 물이 나온다. 바로 이 장면! 샤워를 하는데 왜 머리를 짧게 깎고 불을 꺼서 꼭 가스실처럼 분위기를 만들고 관중들을 긴장시킨 뒤 감동을 유발해 내는 것일까? 이 장면이 상상으로 만들어지고 카메라 기교를 쓴 것이 아니라면 대체 무엇이란 말인가.

또 영화를 보면 유대인에 대한 동정심 유발 같은 것이 진하게 풍긴다. 왜 그랬을까? 혹시 팔레스타인과의 문제 때문에 그들에게 집중되는 시선을 과거의 잘못을 저지른 독일에게 돌리려는 것은 아닐까?

이 학생은 〈쉰들러 리스트〉에 대해서 비판적인 입장에서 감상문을 썼습니다. 〈쉰들러 리스트〉는 역사적 사실을 배경으로 한 것이라고 해도 이 작품을 만든 감독의 의도가 다분히 반영되어 있습니다. 나치의 만행을 고발하고 유대인들의 비극을 되새기는 것은 이런 역사적 비극을 다시 반복하지 않기 위한 것입니다. 그런데 참으로 역설적인 일이 일어나고 있지요. 세계 곳곳에서 나치의 폭력성을 고발하는 영화가 상영되는 중에도 이스라엘에 의한 팔레스타인 사람들의 학살은 계속되고 있다는 점입니다. 글쓴이는 이 영화가 유대인들의 폭력성을 정당화하기 위한 것은 아닌지 의문을 제기하고 있습니다.

영화에 대한 평가는 영화 자체로 이루어져야 합니다. 그러나 책이나 영화는 그것이 읽히는 사회적 맥락에 따라 그 의미가 달라지기도 합니다. 〈쉰들러 리스트〉라는 영화에 대한 평가는 영화 자체로 이루어질 필요가 있습니다. 하지만 이 영화의 제작과 유통에 작용하는 사회적 맥락 또한 작품의 해석과 평가에 반영될 수 있습니다. 유독 유대인의 박해와 비극을 다룬 영화들이 많이 생산되는 것과 이러한 영화의 제작에 유대인들이 많은 자금을 지원하는 것이 그렇습니다. 그리고 끝없이 반복되는 팔레스타인의 비극은 이 영화를 전혀 다른 관점에서 해석하고 평가할 수 있도록 하고 있습니다.

이처럼 작품을 읽을 때는 작가의 의도를 파악하는 데서 끝나는 것이 아니라 그 작품을 만들고 받아들이는 사회적 맥락을 살펴 비판적으로 이해할 필요가 있습니다. 특히 지식 정보화 사회가 되면서 인터넷에는 다양한 정보들이 넘쳐납니다. 다양한 글이나 영상 매체가 제공하는 정보는 신뢰성을 확인하기 어려운 경우도 많습니다. 정보의 가치와 신뢰성을 확인하고 그것이 생산, 유통되는 맥락을 살핀 뒤 관련된 다른 정보와 비교해 보는 등 비판적으로 받아들일 필요가 있습니다.

쓰기연습

1. 다음 두 글을 읽고 글쓴이가 작품을 어떻게 이해하고 있는지 비교해 보세요.

『삼대』를 읽고

염상섭의 『삼대』. 많이 들어 보기는 했지만 쉽게 다가가서 읽어 보지는 못했던 작품인 것 같다. 처음에 이 책을 읽어야 해서 친구한테 빌렸을 땐 정말로 포기 상태였다. 집에다가 며칠 동안 보관만 해 놓은 상태로 거들떠보지도 않았다. 너무 두꺼워서 읽을 엄두가 나지 않았다. 그래도 어차피 독후감을 써야 하니깐 읽어 보자 하고선 읽었는데 생각보다 너무 어려웠다. 솔직히 말하자면 지금도 내용 정리가 되지 않은 상태에서 쓰고 있는 것이라서 책을 하나하나 살펴보면서 써야 될 정도이다.

이 소설에 나오는 중심인물들은 각기 다른 문제점을 지니고 있는 것 같다. 먼저 할아버지인 '조의관'은 너무 탐욕스러운 것 같다. 아들 낳기를 바라고 며느리보다 더 젊은 20대의 후처를 거느리는가 하면, 자기의 이익과 집안의 위신만 최고로 알고 그것에만 전념하고 매달리는 것 같다. 을사조약 이후에는 큰돈으로 의관 벼슬을 사들이는데 그건 정말 바보 같은 짓이라고 생각한다. 또 기독교라고 해서 제사도 지내지 않을 것 같다며 아들인 상훈을 멀리 경계하는 것은 옳지 않은 일이라고 생각한다.

아들인 '상훈'은 기독교와 신 문물을 수용하는 것으로 보아서는 괜찮다고 생각하는데 이중생활을 하면서 많은 재산을 탐진하는 면에서는 썩 좋아 보이지 않는다. 미국에 갔다 와서 교회 장로이면서도 술집에 드나들고 여자와 불륜 관계를 맺는 것은 기독교인의 입장에서 보면 아무리 소설이어도 조금은 부끄러운 행동인 것 같다.

손자인 '덕기'는 착하지만 어떻게 보면 바보 같고 답답해 보인다. 조의관과 상훈 밑에서 재산을 지키려 하는데 뭔가 적극적이지 못해 보이고 '이거 하자 그러면 그래, 저거 하자 그래도 그래' 이러는 타입같이 느껴진다. 그러나 조의관이나 상훈과는 상관없이, 가난한 집의 딸에게 사랑이라는 감정을 느끼게 된다는 면에서 세상이 아무리 각박하다 하더라도 조금의 희망의 빛은 보인다는 생각이 들게 해 준다.

이 작품 속에서 조의관의 죽음으로 인해 재산 상속 문제로 일어나는 갈등은 당시에도 재산이 사람들에게 미치는 심각성을 알려 주는 것 같았고, 요즘 시대에도 재산이 제일이라는 우리 사회의 심각성을 알게 해 주고 한 번쯤은 이런 사회를 비판적으로 볼 수 있게 해 주는 작품인 것 같았다.

『삼대』 비평

이 소설은 1930년대의 장편 가족사 소설로 1대 조의관, 2대 조상훈, 3대 조덕기 사이의 갈등을 다루었다. 500쪽에 육박할 정도로 정말 길었다. 2권으로 나누던지 하지, 해리포터는 1권짜리 잘도 나누면서.

삼대 간의 갈등과 조의관의 죽음을 둘러싼 갈등의 큰 사건이 축을 이루고 있지만 드라마 연장할 때처럼 쓸데없는 에피소드가 많아서 지루한 느낌도 있다.

집안의 당주인 조의관은 신분제도가 무너진 30년대에도 족보를 만드는 데 당시 돈으로 몇천 원을 쓰고 재산을 지키는 데 혈안인 전형적인 조선 시대 인물이며, 수원댁이라는 첩을 두어 4살짜리 딸도 있었다.

그의 아들 상훈은 미국 유학을 다녀온 뒤 기독교 신자로 학교까지 세우고 많은 돈을 투자해 학생들을 가르치지만, 그 제자와 눈이 맞아 만든 아이를 제자와 같이 내치고 난봉꾼으로 홍등가에 들락거리는 이중적 인물이다.

조의관은 기독교 신자인 상훈이 못마땅해서 아들은 없다 치고 손자에게 재산을 상속하려고 하며, 상훈은 상훈대로 고지식한 조의관을 못마땅해 하며 어떻게 하면 돈을 빼돌릴 수 있을까 혈안이다.

그 사이에서 중도적 입장을 취하고 있는 손자 덕기는 일본 유학생으로,

사회주의자인 병화와 어울리며 사회주의에 어느 정도 공감을 갖고 있으나 우유부단하다.

조의관이 위독해지자 수원댁과 수원댁을 조의관에게 소개했던 허창봉은 조의관의 유서를 위조해 재산을 가로채려고 하지만 계획이 들통나 수포로 돌아간다. 또 상훈은 경찰로 위장해 금고에 들어 있는 땅문서 등을 빼돌리려고 했으나 잡혔고, 훈방 조치로 풀려났다. 그 많은 재산을 홀로 떠안은 덕기는 앞으로 어떻게 될 것인가 허망해 하며 끝난다.

구시대의 조의관, 개화기의 조상훈은 가치관은 다르지만 돈이라는 공통된 욕망을 추구하고 있다. 이는 돈이면 다 된다는 자본주의를 비판하고 있다. 또 조의관과 조상훈의 여색과 비극적 결말같이 부정적인 모습을 폭로함으로써 구시대와 개화사상 둘 중 하나만을 추구하려는 흑백논리는 잘못되었음을 보여 준다.

조덕기가 우유부단해서 『토지』의 서희처럼 조가를 잘 이끌어 가면서 독립운동을 지원한다든지, 일본 유학까지 다녀온 지식인으로서 민중을 계몽하는 데 힘쓸지는 모르겠지만, 작가가 덕기만 무혐의로 풀려나는 결말로 그리고 있는 것으로 보아 나도 덕기가 후에 확실히 좋은 일을 했으리라 믿는다.

7

네 마음을
내 마음과 같이

설득하는 글쓰기

상대방이 납득하고 공감했을 때
비로소 설득되었다고 할 수 있다.

초등학교에서 주로 많이 하는 글쓰기 중의 하나가 주장하는 글쓰기입니다. 주장하는 글쓰기는 자신의 주장을 타당한 근거와 함께 제시하는 것입니다. 중등학교에서는 논술문 쓰기를 강조하기도 합니다. 좀 더 학술적이거나 사회적인 주제에 대해 자신의 주장을 펼친다는 점에서 차이가 있을 뿐 주장하는 글쓰기와 크게 다르지 않습니다. 그러나 주장하는 글이나 논술문 모두 상대방을 설득하는 데 그 목적이 있기 때문에 크게는 설득하는 글쓰기의 유형에 포함된다고 할 수 있습니다. 상대방을 설득하기 위해서는 이성에 호소하는 전략과 감성에 호소하는 전략을 함께 사용해야 합니다.

상대방을 설득하기 위해서는 먼저 이성적으로 이해가 되도록 해야 합니다. 이치에 맞고 타당하다고 생각하면 사람들이 그 주장을 받아들일 가능성이 높기 때문이지요. 이를 위해서는 타당한 근거를 제시하는 것이 무엇보다 중요합니다. 그런데 학생들의 글을 보면 주장은 강하게 표현하고 있지만, 그 주장을 뒷받침하는 근거를 타당하게 제시하지 못하는 경우가 많습니다. 심지어 어떤 글은 근거는 제대로 제시하지 않고 주장만을 반복하고 있기도 합니다. 주장하는 글쓰기라고 해서 주장만 분명하게 제시하면 되는 것이 아니라 자신의 주장이 옳은 주장임을 입증해야 합니다. 예를 들어, 부모님께 용돈을 올려 달라는 주장을 할 경우에도 "어머니, 용돈이 부족하니까 좀 올려 주세요."라고만 하면 부모님 입장에서는 용돈 인상의 필요성을 공감하기가 어렵습니다. 오히려 "왜 만날 용돈 올려 달라고 야단이냐?"라는 반응이 나오겠지요. 그러나 버스비가 올랐다든지, 새로운 지출 항목이 생겼다든지 등 지금까지의 용돈만으로는 부족한 이유나 근거를 함께 제시해서 주장을 한다면 부모님도 어느 정도 납득할 수 있을 겁니다.

그러나 사람은 감성적인 존재라서 타당한 근거만을 제시한다고 해서 바로 설득이 되지는 않습니다. 용돈을 인상해 달라는 주장을 하면서 객관적인 논거와 함께 "어머니, 집안일에 돈이 많이 들어가서 늘 걱정이 많으시죠? 그런데 용돈을 올려 달라고 해서 죄송해요."라는 식으로 말하거나 "어머니, 힘든데도 불구하고 저희들을 챙겨 주셔서 늘 감사해요." 와 같은 표현을 사용해서 상대방의 마음을 부드럽게 만들어 보는 겁니다. 그런 다음에 용돈 인상의 필요성을 주장한다면 어머니도 기분 좋게 인상안에 동의하게 될 가능성이 높습니다. 자식이 엄마의 마음을 이해하고 배려해 준다는 생각에 고마운 마음이 들기 때문입니다. 이처럼 상대방을 설득하기 위해서는 타당한 근거를 제시하는 이성적 설득 전략과 감성적 설득 전략을 함께 사용하는 것이 효과적입니다.

우리의 친구, 비속어

이순혁 (도봉고 1)

"아 씨팔, 저 새끼 졸나 재수 없지 않냐? 너무 나대……."

이런 신성한 글에 비속어를 써서 유감스럽지만 현재 대부분의 청소년들이 친구처럼 사용하는 말의 아주 일부분일 뿐이다. 심지어 주변에 어른들이 계시는데도 아무 생각 없이 비속어를 사용하는 것이 현실이다. 어른들은 이런 우리를 어떻게 보실까? 아마 학교에서 욕만 배우는 줄 알 것이다. 나도 3학년 때 친구와 대화를 하다가 나도 모르게 욕이 불쑥 튀어나왔는데 마침 앞에 계신 어떤 아줌마가 들으시고는 "무슨 학생이 욕을 저리 심하게(?) 한담?" 하면서 지나가셨던 일이 있었다. 그땐 정말 쥐구멍에라도 들어가고 싶었다.

요즈음 청소년들의 언어는 '욕 아니면 말을 않겠다.'인 듯 말 한마디 할 때마다 욕 안 들어간 말이 없을 정도다. 물론 예외도 있겠지만 대부분의 청소년들이 그렇다는 것이다. 하지만 단순히 욕을 하고 안

하는 것이 문제가 아니다. 지금의 부모님 세대 때도 비속어는 존재했기 때문이다. 문제는 현재 초등학생들까지 욕을 아무 생각 없이 사용할 정도로 심해졌다는 것이다.

얼마 전 지나가는 초등학생들의 대화를 듣게 되었는데 고등학생 못지않게(?) 욕이 섞인 대화를 듣고는 충격을 감추지 못했던 일이 있었다. '어떻게 저런 순수한 얼굴을 가진 초등학생들이 저렇게 심한 욕을 서슴지 않고 할 수 있었을까?' 하는 생각을 하며 갑자기 내가 죄책감이 느껴졌던 이유는 무엇이었을까? 초등학생들은 단지 자신의 형, 누나들이 하는 말을 듣고 배워 따라 하는 것뿐이다. 따지고 보면 모든 잘못은 우리에게 있다는 결과가 나온다. 이렇게 가다가는 갓 말을 배우는 아기가 욕부터 배울지도 모른다는 생각에 가슴이 조마조마하다. 어떻게 하면 이렇게 암울한 현실을 헤쳐 나갈 수 있을까?

가장 중요한 것은 우리들의 말하는 자세이다. 어떤 아버지와 아들이 있는데 그 아버지가 아들에게 좋지 않은 말투, 좋지 않은 행동을 보여 주면 그 아들도 똑같이 배워 그다음 세대까지 계속 그 말투와 행동이 물결처럼 퍼지듯이, 우리가 계속 비속어를 쓰게 되면 후배들도 똑같이 배워 사용하게 될 것이고 비속어의 끝은 영원히 오지 않을 수도 있다. 나도 중1 때까지는 욕이 뭔지도 모르는 순수한 학생이었다. 그러나 어느 순간부터 형, 누나들의 욕이 섞인 대화를 매일 듣게 되다

보니 나도 어느 순간부터 입에서 비속어가 나오기 시작했다. 이렇듯 어느 한 세대가 비속어를 자제한다면 비속어의 일취월장한 발전이 누그러들 수 있을 것이다. 그 세대가 언제 나타날지는 모르겠지만 바로 우리 세대였으면 한다. 우리가 먼저 말 한 마디 한 마디 할 때 한 번 더 생각하고 말을 한다면 다음 세대들이 우리에게 욕을 배워 갔듯이 우리들의 정화된 말을 배워 가게 될 것이고, 또 그다음 세대, 그다음 세대 계속 이어 나갈 것이다.

　비속어의 사용은 우리들의 정신세계를 스스로 망쳐 나가는 지름길이라고 생각한다. 비속어를 사용하는 사람은 사용하지 않는 사람보다 정신은 물론 그 사람의 말, 행동도 확연히 다른 것이 사실이다. 그깟 비속어 때문에 우리의 정신을 계속 방치해 둘 수는 없다. 지금이라도 늦지 않았다. 우리들이 먼저 나서서 비속어의 사용을 자제해 나간다면 어느 순간부터 비속어라는 존재는 영원히 사라지는 세상이 올 것이다.

　이 글은 청소년들의 비속어 사용 실태를 고발하면서 시작하고 있습니다. 요즘 청소년들이 실제로 사용할 법한 비속어를 직접 인용했기 때문에 읽는 이들은 글쓴이의 문제의식에 충분히 공감할 수 있습니다. 감성적 설득 전략을 사용하여 시작한 것은 좋았는데 그다음에 이어지는 근거들이 충분히 설득력을 가지지 못해 아쉽습니다. 특히 초등학생이 비속어를 사용하는 이유를 "단지 자신의 형, 누나들이 하는 말을 듣고 배워 따라 하는 것뿐이다."라고만 단정하기는 어렵습니다. 비속어 문제를 이렇게 판단한 근거는 자신의 경험 때문입니다. 글쓴이 자신이 형, 누나들이 쓰는 말을 듣고 비속어를 쓰기 시작했기 때문에 초등학생들도 대체로 그럴 것이라고 단정하고 있는데, 이는 '성급한 일반화의 오류'라고 할 수 있습니다.

초등학생들이 비속어를 사용하는 이유는 형, 누나들에게 배운 것일 수도 있지만 영화나 만화, 드라마와 같은 대중매체나 인터넷 채팅, 게임 등을 통해서 배웠을 수도 있습니다. 우리 사회가 정보화 사회로 접어들면서 초등학생들 역시 다양한 정보에 노출되어 있으며, 이러한 정보 가운데에는 비속어와 같은 좋지 않은 정보들도 많으니까요. 학생들의 비속어 사용 정도가 심하다는 것은 그만큼 학생들이 나쁜 정보에 노출될 가능성이 이전 시대보다 높아졌기 때문이라고 할 수 있습니다. 또한 비속어 사용은 또래 집단의 특성에서 비롯되는 것일 수도 있습니다. 비속어를 사용해야 또래 집단의 소속감을 확인할 수 있다는 점이 비속어 사용을 부추길 뿐만 아니라, 비속어 사용에 따른 죄책감을 없애 줍니다.

따라서 이런 다양한 가능성을 검토하지 않은 채 형, 누나들에게 배운 것이라고 단정 짓는 것은 성급한 판단이 아닐 수 없습니다. 이 문제의 해결 방안으로 우리 세대부터 비속어를 사용하지 않으면 이 연결 고리가 끊어질 것이라고 주장하는 것도 설득력을 얻기 힘든 단순한 발상입니다. 비속어가 널리 퍼지는 것은 사회적인 문제인데, 이를 개인적인 문제로 돌려서는 해결이 쉽지 않습니다. 글쓴이가 제안하는 해결 방안 역시 지극히 개인적, 도덕적인 것이어서 현실성이 떨어진다고 할 수 있습니다.

「간디의 물레」를 읽고

명진우(도봉고 I)

최근 국어 시간에 '간디의 물레'라는 글을 읽었다. 이전에도 간디에 대해서 약간이나마 알고는 있었지만 모두 단편적인 상식들이라서 간디의 사상에 대해 알기 쉽게 풀어 놓은 이 글을 상당히 흥미로이 읽을 수 있었다. '위대한 영혼', '대성자'라고 불리는 간디. 그의 사상은 확실히 매우 고결하고 인상적이었다. 그러나 이미 나는 '거 참, 현실적으로 변한 것인지' 나의 마음속에는 왠지 부분 부분 거부감이 밀려오는 것 같았다. 특히 가장 동의할 수 없었던 부분은 바로 비폭력주의 사상이다.

간디는 유럽인들의 수탈과 착취 구조를 영혼의 사랑과 의지로 물리칠 수 있다고 믿었고, 결과적으로는 인도의 독립을 이끌어 냈다. 물론 성공이란 결과가 나타났으나 과연 순수한 간디의 사상과 운동에 의해 그 결과가 이끌어 내진 것일까? 물론 부분적으로 영향을 미쳤을 수는 있어도 미미한 데 그쳤을 거라고 생각한다. 그때는 유럽에 각종 전쟁이 일어나서 식민지에 대한 관리가 허술해질 수밖에 없었고, 세계 여론과 분위기 속에서 인도의 독립이 이뤄지기에 아주 좋은 환경이었다. 또한 영국이 인도의 향신료 및 각종 생산품을 독점하는 것을 보기 껄끄러워했던 유럽 강대국들의 압력도 작용했을 것이다. 즉, 독립 과정에서 간디가 지도자로서 아주 '이상적이며 고결한' 사상 및 운동을 진행했던 것은 역사서에 넣기에도 보기에도 아주 멋진 일이었던 것이다. 그의 사상에 의해 인도의 독립이 이뤄진 것으로 보이는 것이다. 그러나 뜻과 의지만으로는 무력에 대항할 수 없는 것이 현실이다. 세계적으로 볼 때 사실상 자체적인 독립운동의 힘으로만 강대국의 지배에서 벗어난 사례는 거의 없다. 우리나라의 경우 3.1 운동에도 불구하고, 이후 결국 일본의 민족 분열 통치에 의해 일본화가 가속, 결국 33인의 독립운동가 대부분이 친일파로 변모한 것에서만 보더라도 단순히 뜻과 의지에만 기초하는 비폭력 운동만으로는 부족하다는 것을 알 수 있다. 현실적으로 선이 악을 이기기 힘들듯이 힘없는 정의는 무력에 무너져 내리기 십상이다. 즉, 간디의 사상은 어쩌면 그 '폼'과 '운'에 의해 유명해졌을지도 모르는 것이다.

하지만 나는 힘과 무력이 전부라고 보는 것은 아니다. 힘만 지닌 채 사상과 문화를 도외시하여 흔적 없이 사라져 간 예들은 역사에 숱하게 많다. 결국 한족의 문화에 동화된 몽고족, 로마를 쳐부수고도 로마 문화에 흡수된 게르만족 등. 즉, 무력과 정신 두 가지 중 어느 쪽으로도 치우쳐선 곤란하다는 것이다. 간디의 사상은 너무나도 이상적이며 정신 쪽으로 치우친 것이 문제인 것이다.

이 문제점을 해결할 수 있는 것은 중용을 지키는 것이다. 정치적, 사상적, 철학적, 근본적으로 봐서도 항상 한쪽으로 치우칠 경우 그 반대로 반발력이 생기기 마련이다. 스위스 같은 경우에는 평화라는 정신적 가치를 추구하면서도 그것을 지킬 수 있는 강력한 군사력을 보유하여 유럽의 수많은 강대국 사이에서 중립을 이어 갈 수 있었다. 이는 정신과 무력이 따로 분리되지 않고 잘 조화되었을 때 그 두 마리 토끼를 모두 잡을 수 있다는 사실을 잘 보여 준다.

여기까지 나의 생각을 풀어 썼다. 그러나 현대 세계는 점차 투쟁의 시대에서 공존의 시대로 흐르고 있다. 아주 무시할 수는 없지만 점점 무력의 중요성이 떨어져 가는 한편, 점점 간디 사상의 '인간성'이 중요하게 적용될 수 있을 것이다. 하지만 아직 인간 사회는 불완전하기 때문에 군사력 최강의 미국이 세계를 좌지우지하고, 핵이 있는 나라들이 확실한 자주국을 이루는 등 무력이 상당히 중요히 작용하고 있다. 동떨어진 결론일지 몰라도 앞으로 우리들의 노력으로 문화력과 군사력을 동시에 발전시킬 수 있다면, 그것이야말로 세계 속의 선진 한국을 이루는 길이라고 생각한다.

이 학생은 간디의 비폭력주의 사상에 대해 상당히 비판적인 태도를 보이고 있습니다. 간디 사상의 무게나 우리가 갖고 있는 도덕적 생각에 비추어 볼 때, 비폭력주의를 비판하는 것이 쉽지는 않습니다. 그럼에도 간디의 비폭력 투쟁 때문에 인도가 독립된 것이 아니라 당시 유럽의 정세 때문이라는 근거를 제시했습니다. 우리나라의 3.1운동도 비폭력 투쟁을 실천했지만 결국 실패했다는 것을 들어서 차분히 반박하고 있습니다. 유럽 정세에 대한 설명이 간략하고 구체적인 자료에 의해 뒷받침되지 못했다는 아쉬움이 있습니다. 그러나 분량의 제약을 고려한다면 크게 문제가 되는 것은 아닙니다.

간디의 비폭력주의를 비판한다고 해서 글쓴이가 폭력을 받들고 있는 것은 아닙니다. 무력보다는 문화력의 승리를 보여 주는 사례를 제시함으로써 무력이 전부는 아니라는 주장을 펼치고 있습니다. 한편으로는 이를 바탕으로 무력과 정신 어느 한쪽으로 치우친 것이 문제라는 결론을 이끌어 내고 있지요. 정신과 무력의 조화가 중요하다는 주장을 뒷받침하기 위해서 글쓴이는 또다시 스위스의 사례를 제시했습니다. 무력과 정신의 조화, 중용의 태도가 중요하다는 것은 어떻게 보면 뻔한 주장일 수도 있습니다. 그러나 이 학생은 주장의 근거를 확실하게 제시해 읽는 이가 이해할 수 있도록 논리를 전개했습니다. 이렇게 근거가 분명하면 읽는 이가 반박하기 힘들기 때문에 글쓴이의 주장을 받아들일 가능성이 높아집니다.

이 학생은 논리적인 설득 전략만이 아니라 감성적 설득 전략도 활용하고 있습니다. "현실적으로 선이 악을 이기기 힘들듯이 힘없는 정의는 무력에 무너져 내리기 십상이다."라는 경구를 활용해서 비폭력주의의 한계를 지적하고 있습니다. 또한 "독립 과정에서 간디가 지도자로서 아주 '이상적이며 고결한' 사상 및 운동을 진행했던 것은 역사서에 넣기에도 보기에도 아주 멋진 일이었던 것이다."라거나, "간디의 사상은 어쩌면 그 '폼'과 '운'에 의해 유명해졌을지도 모르는 것이다."라는 표현을 사용하여 심리적인 설득 효과를 노리고 있습니다. 물론 이러한 주장은 증명되지 않은 추론일 뿐입니다. 그러나 읽는 이에게는 길고 복잡한 논리적 근거보다 이런 단순한 비유가 더 설득적일 수 있습니다.

생명공학, 인간에게 이로운가?

권순호(도봉고 2)

오랜 옛날부터 사람들의 꿈 중 하나는 늙어 죽지 않는 것이었다. 물론 모두가 그런 것은 아니다. 하지만 연단술의 발전, 불로초 등은 사람들이 이를 얼마나 원하였는지를 말해 주고 있다. 그런데 생명공학의 발달에 따라 꿈이라고 여겨지던 불로장생의 길에 점차 다가가고 있다. 물론 사람이 죽지 않는다는 것은 불가능할지 모르지만 수명의 연장은 가능하다. 실제로 과거에 비해 우리의 수명은 많이 길어졌다.

생명공학은 이런 수명 연장에만 도움이 되는 것이 아니라 새로운 품종개량도 할 수 있다. 기아에 허덕이는 많은 사람들을 위해 유전자조작을 통한 크기가 큰 옥수수나 토마토 등의 개발이 그 예이다. 식품에 유전자조작을 가하는 것은 부작용을 불러올 수도 있으나 그 성과가 큰 만큼 부작용 해결에 주력해야지, 그 발전의 중지는 타당하지 않다. 식품 외에도 기존에 없는 꽃을 만들어 판매하는 등 생명공학은 큰 경쟁력이 된다. 이런 생명공학의 시장 규모는 우리가 생각하는 것 이상으로 커지고 미래 사회의 주요 기술이 될 것이라 생각된다.

암, 심부전증, 척수 손상으로 인한 장애 등 고치기 힘들다고 여겨졌던 병들이 생명공학을 통해 치료법들이 연구되고 있다. 윤리적 문제나 부작용 문제가 심한 배아 줄기세포 말고도 성체 줄기세포, 체세포를 이용한 줄기세포 연구는 유전적 기형의 위험이 없고 거부반응도 적으며 생명을 해치지 않는 기술이다. 이 기술 중 제대혈은 백혈병 환자에게 많이 이용되고 있고 지금 시술도 하고 있다. 미국에서는 2004년 보고서에서 60여 종의 난치병 치료제가 임상 실험 중이며 300여 종은 연구 중이라고 한다.

생명공학은 우리가 생각한 것 이상으로 우리 생활에 많은 이로움을 주고 있다. 산업화로 파괴된 오존층 복원이나 멸종된 동식물 복원에도 이용될 것이며, 우리의 건강권을 보장해 줄 기술이다. 어느 과학기술이나 악용될 가능성은 있다. 생명공학의 악용은 정말 큰 사회문제를 야기할 수 있다. 그렇다고 그 발전을 멈추는 것은 구더기 무서워 장 못 담그는 격이다. 과학자들을 감시하고 규제할 제도 장치의 마련도 과학 발전과 함께 이루어져야 할 것이다. 이런 규제 속의 발전은 우리를 좀 더 안전히 보호해 주면서 건강하고 쾌적하며 긴 삶을 줄 것이다.

이 학생이 제시한 논거를 정리해 보면 첫째, 생명 공학은 인간의 수명을 연장시켜 주는 기술이며 여러 가지 질병을 치료해 줄 수 있다. 둘째, 유전자조작 식품을 만들어 식량 문제를 해결할 수 있고, 셋째, 새로운 품종을 만들어 수익을 창출할 수 있으며, 넷째, 환경을 복원하거나 동식물을 복원하는 기술로 사용할 수 있다. 마지막으로는 상대측의 반론을 고려해서 생명공학의 악용을 막기 위해서 과학자들을 감시하고 규제하는 제도 장치를 마련해야 한다고 대안까지 제시했습니다.

전체적으로 보면 논리 전개나 논거의 제시가 적절하다고 할 수 있습니다. 하지만 서두에서 '생명공학이란 무엇인가'에 대한 정의를 확실하게 내리지 않고 바로 찬성 근거 제시로 넘어가 버렸습니다. 이 학생이 말하는 생명공학은 유전자조작 식품이나 품종개량에 이르기까지 그 범위가 매우 넓습니다. 그러나 최근에 생명공학에서 논란이 되고 있는 것은 주로 인간의 생명을 다루는 기술들입니다. 특히 배아 줄기세포 연구가 몰고 온 파장으로 인해 생명공학의 기술 자체가 윤리적 논란에 휩싸이게 된 것입니다. 이 논쟁거리는 굉장히 중요한 것인데도 불구하고 "구더기 무서워 장 못 담그는 격"이라는 말로 두리뭉실하게 넘어가고 말았습니다.

이 학생은 생명공학이 인간의 생명을 연장시키고 환경문제를 해결할 수 있는 기술이라는 점을 강조했습니다. 그러나 이런 내용은 이미 많은 사람들이 알고 있는 것들이라 크게 새롭지 않습니다. 중요한 것은 인간의 생명을 연장시키려는 기술이 오히려 인간을 더욱 비인간적으로 만들고 있다는 문제 제기입니다. '생명공학은 인간에게 이로운가'라는 논리적 문제가 발생한 것도 바로 과학기술의 비윤리성 때문입니다. 찬성의 입장에 서 있다면 생명공학이 비윤리적이라는 반대 의견에 대해서 충분히 반박할 수 있어야 합니다. 따라서 제도적 장치를 마련하면 된다는 식으로 간단히 이야기하고 넘어갈 것이 아니라 오히려 이 부분에 좀 더 주력할 필요가 있습니다.

논쟁거리가 분명한 논리적 문제에 대해서 쓰려면 먼저 문제의 성격이 무엇인지를 명확하게 하는 것이 중요합니다. 용어의 정의로부터 시작하든지 논리적 문제가 발생한 배경에 대해 언급하든지 해서 문제의 성격을 분명히 한 다음, 논쟁거리 하나하나를 다루어 나가야 합니다. 또한 논쟁거리를 다룰 때는 상대측 논리의 근거를 충분히 생각해서 논리적 의견을 펼쳐야 합니다. 충분히 예상되는 반대 주장을 무시하고 자기주장만을 반복하게 되면 그만큼 설득력이 떨어집니다. 논리적 문제가 안고 있는 여러 가지 측면을 충분히 검토한 다음에도 자신의 주장이 타당하다는 것을 입증할 때 글의 설득력은 높아집니다.

1. 다음 글을 읽고 글쓴이가 반대 측 의견을 설득하기 위해 제시한 근거가 무엇인지 분석해 보세요.

9시 등교 찬성

나는 등교 시간을 아침 9시로 늦춘 것에 대해 찬성한다. 등교하는 데 걸어서 30분이 걸리는 나로서는 매우 고마운 등교 시간 변경이다. 전에 8시 20분까지 등교할 때는 집에서 7시 50분 전에 나와 열심히 걸어야만 겨우 지각을 면하고 학교에 올 수 있었고, 버스를 타더라도 일찍 집에서 나오지 않으면 버스를 놓치기 일쑤였다. 하지만 이 9시 등교 정책이 시행된 이후에는 더이상 아침을 시간에 쫓기며 보내지 않게 되었다. 8시 30분에 나와도 지각을 면하기 때문에 아침을 좀 더 여유롭게 보낼 수 있게 된 것이다.

다음으로는 아침을 매일 먹고 학교에 올 수 있게 되었다. 이전에는 촉박한 시간 때문에 아침을 먹지 못하거나 먹어도 조금만 먹고 집을 나와야 했고, 특히 늦잠 자는 날에는 아침은 생각지도 못하고 얼른 씻고 학교에 가야했다. 하지만 9시 등교가 되면서 아침에 집에서 보낼 수 있는 시간이 늘어나며 아침을 먹는 시간도 자연스럽게 늘어나게 되어, 매일 아침을 먹고 학교에 오니 전보다 수업 시간에 배고프다는 느낌은 많이 안 받는 것 같다.

마지막으로 아침에 40분이라는 자율 시간이 늘어나면서 이 시간을 활용할 수 있게 되었다. 8시 20분까지 등교하는 것보다 40분 뒤인 9시에 등교하며 이 시간 동안 학교를 빨리 오는 학생들은 자신이 하고 싶은 독서나 공부, 게임 등을 할 수 있게 되어 예전보다 시간을 의미 있게, 하고 싶은 걸 하며 보낼 수 있게 되었다.

9시 등교를 반대하는 사람들이 많을지도 모른다. 그러나 그들은 9시 등교를 시행하기 전에 자신들의 아침이 어땠는지 생각해 봐야 한다. 여유롭게 보내지도 못하고 아침도 잘 못 먹고 학교에 오자마자 공부해야 했던, 바쁘기만 한 아침을 좋아할 사람은 아무도 없다.

2. 이 글의 주장에 대해 반박하는 논거, 또는 글쓴이 입장에서 반대 의견에 대해 반박하는 내용을 만들어 보세요.

8

내가 아는 것을
너도 알 수 있게

정보 전달 글쓰기

정보 전달 글쓰기는 내가 아는 정보를
상대방이 잘 이해할 수 있도록 하는 데 목적이 있다.

　일상생활에서 가장 많이 하는 언어 활동 중의 하나가 바로 정보 전달하기입니다. 어제 본 영화나 드라마 이야기를 친구에게 전하는 것도 정보 전달이고, 자신이 읽은 책 내용을 소개하거나 자신이 좋아하는 가수에 대한 이야기를 친구들에게 하는 것도 정보 전달이지요.

　정보 전달 글쓰기는 대상에 대해 내가 아는 정보를 상대방이 잘 이해할 수 있도록 하는 데 목적이 있습니다. 따라서 내가 알고 있는 정보 중에서 상대방에게 유익한 정보를 선정해야 하며, 이것을 상대방이 잘 이해할 수 있도록 구조화해서 표현하는 것이 중요합니다. 우리는 낯선 사람에게 길을 알려 줄 때 "이 길로 곧장 가다 보면 큰길이 나오는데 거기서 우회전하면 됩니다."라는 식으로 안내하는 경우가 많습니다. 그런데 길을 물어본 낯선 사람의 입장에서 보면 이것은 대단히 막연한 대답입니다. 낯선 사람의 입장에서는 곧장 간다는 것이 어느 방향으로 얼마만큼 간다는 것인지 알 수 없습니다. 또 큰길이 어느 정도의 너비를 말하는지도 판단하기가 어렵기 때문입니다.

정보 전달 글 중에서 대표적인 유형의 하나는 바로 상품 사용 설명서입니다. 각종 제품을 구입했을 때 제공되는 사용 설명서는 제품을 처음 구입한 사람이 그 내용만 보고도 충분히 제품을 사용할 수 있도록 쓰여 있습니다. 만일 사용 설명서의 내용이 잘못 구성되어서 그 내용대로 따라 했는데도 제품을 사용할 수 없다면, 그 제품을 만든 회사는 고객들로부터 심각한 항의를 받게 될 것입니다. 제품 사용 설명서에 시각 자료를 많이 활용하는 이유도 고객이 내용을 보다 쉽고 정확하게 이해할 수 있도록 하기 위한 전략이라고 할 수 있습니다.

다음은 '자신이 가장 소중하게 여기는 물건을 정해서 이것을 잘 모르는 사람에게 설명하는 글을 써 보라.'는 과제로 학생들이 쓴 글입니다. 학생들이 어떻게 설명하는지 살펴보겠습니다.

만년필

박지민(창동중 2)

내가 가장 소중하게 여기는 물건은 아빠가 사 주신 만년필이다. 이 만년필은 나의 생일 때 주신 것이다. 이 만년필을 사 주신 이유는 나중에 이 비싼 만년필로 서류결제 사인란에 멋있게 사인하라고 사주셨다. 어느 정도 위치에 올라간 사람들이 사인란에 사인할 때 쓰는 펜이라고 하셨다. 너무 아까워서 별로 써 보질 못했다. 나는 이 만년필을 나중에 나의 꿈인 경찰이 되어서 써야겠다. 경찰이 서류결제 사인란에 사인할 일이 있을지는 의문이지만 어느 정도 위치에 올라가면 쓸 날은 있으리라 생각한다. 아빠가 깊은 뜻을 가지고 이렇게 좋은 생일 선물을 주신 것에 감동도 받았고, 나도 어느 정도 높은 자리에 올라가기 위해 노력해야겠다는 생각도 하였다. 이 만년필은 지금 함부로 쓰지 않고 어른이 되어서 써야겠다. 이런 선물을 주신 아빠에게 감사하다.

이 학생의 글을 보면 아빠가 만년필을 선물한 뜻은 이해할 수 있지만 그 만년필이 어떤 만년필인지에 대해서는 전혀 알 수가 없습니다. 글쓴이 자신은 아빠가 생일 선물로 사 준 만년필을 갖고 있으니까 어떤 것인지 잘 알겠지요. 하지만 읽는 이 입장에서는 그냥 만년필이라고만 해서는 그것이 어떤 만년필인지 알 수가 없습니다. 세상에는 다양한 만년필이 있는데, 그중에서 높은 자리에 올라가서 사인을 할 수 있는 만년필이 어떤 것인지 읽는 이는 궁금할 겁니다. 그런데 글쓴이는 이런 읽는 이의 궁금증은 고려하지 않고, 자신의 꿈을 소개하고 꿈을 이루기 위해서 노

력해야겠다는 다짐으로 글을 끝내고 있습니다. 정보 전달 글이라기보다
는 오히려 생활글이나 일기 같은 느낌을 줍니다.

선물 상자

안성주(영덕중 2)

보통 선물을 받게 되면 포장지나 선물 상자보다는 그 속에 담겨진 물건들을 더 소중히 여기기 마련이다. 그러나 내게 가장 소중한 물건은 바로 선물 상자이다. 작년 2월, 베프라고 할 만큼 가장 친한 친구가 생일 선물로 내게 큰 선물 상자를 주었다. 나는 친구의 선물에 깜짝 놀랐다. 물론 내가 갖고 싶어 했던 것들이 안에 담겨져 있어서 좋았지만 가장 감동을 받은 것은 바로 선물 상자였다.

예쁘거나 귀여운 그런 선물 상자도 아닌 투박한 나무상자였다. 그러나 그 투박한 나무상자에 내가 엄청 좋아했던 기성용 사인 20개쯤을 직접 하나하나 인쇄하고 자르고 코팅을 해서 붙여 놓았다. 그리고 그 가운데에는 내 사진과 기성용 사진을 합성한 재미있는 사진도 붙여져 있었다. 하지만 이것이 끝이 아니다. 선물 상자의 앞면에 기성용 사진들이 있었고, 뒤에는 내가 좋아했던 현재 오빠 사진 여러 개를 붙여서 하트를 만들어 놓았다. 이쁜만 아니라 친구가 LG트윈스 사진과 함께 선물 상자 내부에 빽빽하게 손편지를 적어 놓았다. 이 선물

상자는 내가 받은 수많은 선물 중 단연 최고였다.

사진을 하나하나 인쇄하고 자르고 코팅하고 붙이는 데 얼마나 많은 시간과 노력을 기울였을지 감히 짐작도 하지 못할 것 같다. 나는 이 선물 상자를 받으면서 사진에도 엄청난 감동을 받았지만 '나'를 이렇게 사랑해 주고 좋아해 주는 친구가 지금 내 곁에 있다는 것이 무척 기쁘고 고맙고 행복했다. 과연 내가 이런 과분한 사랑을 이 친구로부터 받을 자격이 되는 사람인지 확신하진 못하겠지만 나도 친구에게 받은 과분한 사랑만큼 친구를 더욱더 사랑해 줘야겠다고 생각하게 되었다.

이 학생은 친구가 선물해 준 선물 상자가 어떻게 생겼는지 자세히 설명을 해 주고 있어서 읽는 이가 쉽게 이해할 수 있도록 했습니다. 또한 선물 상자를 받았을 때의 느낌과 생각도 구체적으로 표현하여, 이 선물 상자를 받았을 때 글쓴이의 기분이 어떠했는지 쉽게 짐작할 수 있습니다. 물론 코팅된 기성용 사진이나 현재 오빠의 사진, 상자 안에 붙여진 손편지의 내용 등에 대해서 좀 더 자세히 설명을 덧붙이고, 선물을 받았을 때의 느낌을 반복해서 표현한 것을 줄였더라면 훨씬 더 좋았을 것입니다. 어쨌든 이 학생은 소개 대상과 자신의 느낌을 읽는 이가 이해할 수 있도록 했다는 점에서 앞의 글에 비해 좀 더 정보 전달 글의 목적에 충실한 편이라고 할 수 있습니다.

　정보 전달 글은 그 정보에 대한 자신의 생각과 느낌을 전하기 전에 정보 그 자체의 구조와 체계에 맞게 객관적으로 소개하는 것이 중요합니다. 정보의 내용이나 구조를 잘 이해하도록 하기 위해서는 다양한 설명의 방법을 사용해야 합니다. 묘사, 비교·대조, 분류, 분석, 예시, 정의 등은 상대방이 정보를 잘 이해할 수 있도록 하는 방법들이라고 할 수 있습니다. 이러한 방법들은 정보의 내용이나 구조에 따라 선택하여 활용할 수 있습니다.

　차에서 내려 사과나무 한 그루에 좀 더 가까이 다가가 본다. 나무라고 하기에도 어색할 정도로 낮은 키의 나무들은 나의 눈높이에 딱 맞았다. 처음 보는 사과꽃에 다가가 꽃을 느껴 본다. 크기도 모양도 제각각인 사과꽃 더미는 향기가 진하지 않다. 코를 가져다 대고 킁킁거려야 찡긋한 꽃향내가 살짝 공기를 스칠 정도다. 아직 제 모습을 보이기 부끄러워 분홍빛을 한 새끼손톱만 한 봉오리들과 핀 지 얼마 되지 않은 봉오리의 분홍빛이 채 사라지지 않은 사과꽃들 틈에서 새하얀 사과꽃이 함께 어울려 흐드러지게 피어 있다.

　티 없이 하이얀 -마침 머리 위 하늘을 떠다니는 구름과 비교해 보아도 훨씬 더 깨끗하고 선명한- 흰 빛깔은 봄 햇살을 받아 더욱더

맑다. 이파리의 초록 빛깔도 싱그럽다. 얇은 나뭇가지에 여러 개가 매달려 있는데, 손바닥 반만 한 정도의 크기이다. 촉감은 살짝 까실한데 봄 햇살 덕분인지 반짝반짝 윤이 나 겉보기에는 맨들맨들해 보인다. 순백의 꽃잎 다섯 개와 그 가운데 노란 빛의 암술이 주는 느낌은 화려하지는 않지만 보고 또 봐도 질리지 않는 그런 묘한 매력이 있어 나는 쉽사리 그 곁을 떠나지 못했다.

이 글은 한 대학생이 사과꽃 축제에 다녀와서 쓴 기행문의 일부입니다. 사과꽃의 모습을 자세히 묘사해서 보여 주고 있습니다. 그런데 사과나무에 대한 정보는 '낮은 키'라는 정도의 정보밖에는 없습니다. 게다가 사과꽃에 대한 정보도 "얇은 나뭇가지에 여러 개가 매달려 있는데, 손바닥 반만 한 정도의 크기이다."와 "순백의 꽃잎 다섯 개와 그 가운데 노란 빛의 암술" 정도의 정보가 일부분만 제시되어 있을 뿐입니다. 이러한 정보로는 사과나무가 어떻게 생겼는지, 사과꽃은 그 나무에 어떻게 달려 있는지 제대로 이해하기 어렵습니다. 사과꽃이 주는 느낌을 묘사하는 데 급급해서 정작 사과꽃에 대한 정보를 제대로 전달하지 못하고 있습니다. 대상에 대한 정보를 먼저 자세히 소개하고, 그다음에 자신의 느낌이나 감상을 제시해야 읽는 이가 제대로 이해할 수 있습니다.

이 글에서는 전달하고자 하는 것이 사과꽃의 모습이나 사과꽃이 피어 있는 장면이었기 때문에 묘사의 방법을 사용해서 전달했습니다. 그러나 전달하고자 하는 대상이 물건이나 제품이라면 비교·대조나 분석의 방법을 사용할 수 있을 것이고, 정책이나 개념일 경우에는 정의나 예시의 방법을 사용할 수 있을 것입니다. 또한 전달하고자 하는 대상이 어떤 사건일 경우에는 원인과 결과의 방법을 사용하는 것이 효과적이겠지요. 이처럼 정보 전달 글에서는 전하고자 하는 정보의 성격에 따라 다양한 설명의 방법을 사용할 수 있습니다.

1. 다음은 "작품 「만선」을 읽고 누군가에게 소개하는 글을 써 보도록 합시다." 라는 과제로 쓴 글입니다. 두 글의 내용을 분석해 보고, 어느 글이 소개하는 목적에 일치하는지 이야기해 보세요.

(가)

「만선」은 무대 상연을 전제로 하는 희곡이야. '천승세'라는 작가가 쓰셨어. 여기에는 주인공인 어부 곰치와 그의 아내 구포댁, 이들의 자녀 도삼이와 슬슬이, 곰치의 벗 성삼이, 도삼이의 벗 연철, 악덕 선주 임제순 등이 등장을 하지. 「만선」은 악덕 선주 임제순 때문에 많이 힘들지만 이를 극복하려는 곰치를 그리고 있어.

내가 가장 인상 깊었던 장면은 곰치의 아내 구포댁이 자신의 갓난아이를 바다에 떠나보낸 장면이야. 이 장면을 통해 어떻게든 이 갓난아이를 뱃사람이 될 숙명의 굴레에서 벗어나게 하려는 어머니의 강한 의지가 보였어. 하지만 이 아이를 떠나보낼 때의 어머니의 마음이 어떨지 참 안타까웠어.

(나)

「만선」은 만선을 바라는 곰치와 선주인 임제순의 횡포로 갈등이 시작돼. 만선을 기대하는 곰치는 임제순과 불공정한 계약을 맺고 사나운 바람에 맞서 아들 도삼이와 아들의 친구이자 딸의 남자 친구인 연철을 데리고 바다로 나갔다가 바람에 휩쓸려 배가 전복되고, 결국 자신만 간신히 살아서 돌아와. 한번 아들을 잃은 경험이 있는 구포댁은 만선에 미쳐 갓난아이가 열 살이 되면 배를 태울 것이라는 곰치의 말을 듣고 곰치 몰래 아이를 배에 태워 육지로 보내 버려. 마지막 아이까지 잃어버릴 거란 느낌이 들었기 때문이지. 빚을 갚을 처지가 되지 않자 딸 슬슬이를 50세인 범쇠에게 시집을 보내려고 해. 범쇠는 배도 있고, 경제적으로 부유했거든. 남자 친구인 연철이 죽고 범쇠에게 시집가야 할 처지가 돼 버린 슬슬이가 결국 스스로 죽음을 선택하면서 이야기는 끝이 나.

나는 슬슬이가 죽음을 택한 장면이 가장 인상에 남아. 아버지의 욕심으로 인해 남자 친구가 죽어 버리고, 집안을 책임지기 위해 원하지도 않는 결혼을 해야 했던 슬슬이의 운명이 너무 가엾고, 슬슬이의 심정이 조금은 이해가 되어서 그런 것 같아. 슬슬이의 죽음이 단순한 죽음을 의미하지는 않는 것 같아. 너도 꼭 「만선」을 한번 읽어 보길 추천해.

2. 다음은 잃어버린 휴대폰을 찾는 전단지 내용의 일부입니다. 이 글에서 알 수 있는 정보에는 어떤 것들이 있는지 찾아서 적어 보세요.

※ 휴대폰을 찾습니다 ※

휴대폰을 찾습니다. 기종은 갤럭시 노트3이고 색상은 하얀색입니다. 분홍색 토끼 모양의 실리콘 케이스가 씌워져 있으며, 케이스의 오른쪽 귀퉁이는 찢어져 있습니다. 또 액정 왼쪽에는 노란 스티커가 붙여져 있습니다.

경상북도 안동시 송천동에서 4월 28일 저녁 6시경 잃어버렸습니다. 혹시 이 휴대폰을 보시거나 습득하신 분은 010-XXXX-XXXX으로 연락 주시면 감사하겠습니다. 소중한 물건을 애타게 찾고 있습니다.

▪ 잃어버린 물건 : ~~~~~~

▪ 기종과 색상 : ~~~~~~

▪ 특징

　　　1. ~~~~~~

　　　2. ~~~~~~

　　　3. ~~~~~~

▪ 잃어버린 장소와 시간 : ~~~~~~

▪ 연락할 번호 : ~~~~~~

3. 위의 내용을 참고로 하여 내가 아주 소중한 물건을 잃어버렸다고 가정하고, 그 물건의 특징을 설명하는 글을 써 보세요.

9

너에게 나를
보여 줄게

자기소개서 쓰기

자기소개 하기는 상대방에게 자기가 어떤 사람인지 알려 주어
좋은 인상을 갖도록 하는 데 목적이 있다.

 낯선 사람을 만나거나 새로운 집단에 참여하게 될 때, 우리는 상대방이나 모임 구성원들에게 자신을 소개합니다. 낯선 사람들에게 자신을 소개하는 것은 자신에 대한 다른 구성원들의 이해를 도와 좋은 관계를 만드는 데 그 목적이 있습니다. 자기를 소개하는 글쓰기 또한 상대방에게 자신이 어떤 사람인지를 알려 주어, 상대방이 나를 이해하고 긍정적인 인상을 갖도록 하는 데 목적이 있습니다. 따라서 자기소개서는 자기에 대한 정보를 전달하는 것이면서 다른 한편으로는 자신에 대해 긍정적인 인식을 갖도록 상대방을 설득하는 것이기도 하지요.

 회사나 대학 입시에서 요구하는 자기소개서는 그 목적이나 대상이 되는 읽는 이가 분명한 글입니다. 따라서 상대방이 자기소개서를 통해서 기대하는 것에 맞게 내용을 구성해야 합니다. 이를 위해서는 먼저 자기

소개서에 대한 읽는 이의 요구가 무엇인지를 자세히 분석해야 합니다. 예를 들어, 대학 입시에서 요구하는 자기소개서의 경우에는 읽는 이가 대학의 입학사정관이라고 할 수 있을 것입니다. 입학사정관이 자기소개서를 통해서 확인하고자 하는 것은 학생이 중등 과정을 다니면서 어떻게 성장해 왔는지, 그 품성과 세계관이 어떠한지, 해당 학과의 적성에 맞는 인물인지 등입니다. 따라서 대학 입시에서 요구하는 자기소개서를 쓸 때는 대학의 요구를 반영해서 그 목적에 맞게 쓸 필요가 있습니다.

그러나 실제로 학생들이 쓴 자기소개서를 보면 이러한 읽는 이의 요구를 고려하지 않고 자기가 하고 싶은 이야기 중심으로 쓴 경우가 많습니다. 심지어 과거의 화려한 수상 경력을 나열하며 자기가 얼마나 훌륭한 사람인지를 자랑하는 경우도 적지 않습니다. 대학이나 회사에서 알고 싶은 것은 학생의 인성이나 태도, 전공 및 회사 업무에 대한 생각이나 경험, 해당 전공이나 업무를 위해서 어떤 노력을 했는지 등에 관한 내용일 것입니다. 따라서 자기소개서의 내용도 이런 것들을 중심으로 객관적으로 쓸 필요가 있습니다.

다음은 자기소개서 중에서 자신의 성장 과정에 대해 한 고등학생이 쓴 글입니다. 읽는 이인 입학사정관의 입장에서 학생을 이해하는 데 도움이 되는 정보와 도움이 되지 않는 정보가 무엇인지 구분해 보겠습니다.

저는 자유로움을 보장해 주는 가정에서 자랐습니다. 공부도 하고 싶은 것을 할 수 있게 지원해 주셨고 공부하기 싫어할 땐 과감히 학원도 그만두고 놀 수 있게 해 주셨습니다. 저는 부족한 것 없이 풍족하게 자라왔으며 고등학교 전까지는 공부에 큰 뜻이 없었습니다. 그러나 저희 부모님께서 저에게 확실히 각인시켜 주신 게 있습니다.

"어떤 일이든 조건을 걸고 하지 말아라."

이 말은 제가 공부할 때 부모님께 성적이 잘 나오면 보상을 달라는 말을 했다가 들은 것입니다. 저는 이 말을 듣고 큰 깨달음을 얻었습니다. 우리 주위에는 자신의 꿈이 없고 부모님이 원하는 대로 공부만 하는 사람이 많습니다. 허나 공부라는 것은 자기 자신을 위해 하는 것입니다. 저는 지금 제 꿈을 향해 한 걸음 다가가기 위해, 그리고 제 자신을 위해 공부를 하고 있습니다. 다른 누군가에게 공부에 대한 보상을 바라지도 않습니다. 노력한 만큼 해 낼 수 있을 테니까요.

그리고 저는 풍요롭게 자라서 제 자신이 특별하다 생각했습니다. 그러나 고등학교에 와 보니 세상은 넓고 저는 평범했습니다. 그렇지만 저는 평범한 채로 남아 있지 않을 것입니다. 지금 제가 할 수 있는 공부를 통해 제 자신을 특별한 존재로 만들 것이며 남들과는 다른, 세상에서 돋보이는 그런 인물이 되도록 열심히 노력하고 있습니다.

9. 너에게 나를 보여 줄게

이 학생이 주고 있는 정보는 자유로운 집안 분위기에서 풍요롭게 자랐다는 것과 보상을 위해서가 아니라 꿈을 위해서 공부해야 한다는 생각을 갖고 있다는 것, 자신을 특별한 존재로 만들기 위해서 열심히 공부한다는 것 등입니다. 입학사정관의 입장에서는 학생의 성장 과정을 통해서 그 학생이 어떤 경험을 했는지, 또 그 경험을 통해서 어떤 성품을 갖게 되었는지 알고 싶겠지요. 그런데 이 글에서는 학생 자신이 어떤 경험을 했는지, 그리고 어떤 성품을 갖추고 있는지 구체적으로 파악하기가 어렵습니다. 그리고 자유로운 집안 분위기에서 풍요롭게 자랐다는 것이 학생을 이해하는 데 반드시 필요한 내용인지도 의문입니다. 또한 꿈을 위해서 공부를 해야 한다는 것이나 특별한 존재가 되기 위해서 공부를 한다는 이야기도 너무나 일반적인 내용이라 이 학생을 이해하는 데 별반 도움이 되지 않습니다. 따라서 이 학생이 제시한 자기소개의 내용은 입학사정관의 관심사와는 동떨어져 있거나 매우 추상적입니다.

다음은 "고등학교 재학 기간 중 학업에 기울인 노력과 학습 경험에 대해 배우고 느낀 점을 중심으로 기술해 주시기 바랍니다(1,000자 이내)."라는 자기소개서의 항목에 대해 고등학교 3학년 학생이 쓴 초고입니다.

즉흥적이었던 공부 방법 때문에 저의 시험 성적은 롤러코스터를 타기 일쑤였습니다. 이를 극복하기 위해 교사 멘토링을 신청했고, 멘토 선생님과 스터디 플래너를 쓰며 계획적으로 공부하는 습관을 들일 수 있었습니다. 그리고 2학년 때 국어와 영어 집중 이수를 신청하였습니다. 집중 이수를 통해 많은 성적 향상을 거두고 싶었기 때문입니다. 하지만 실제 집중 이수를 선택한 학생들이 너무나 적었고 과학을 필수적으로 수강해야 했습니다. 거기에 갑작스레 '굿 프렌드' 활동까지 하게 되며 만족할 만한 성적을 거둘 수 없었습니다. 그래서 더 좋은 성적을 거두기 위해 야자를 신청하여 수업 시간에 배운 것을 스스로 정리하고 예습했습니다. '방과후학교'를 신청하여 부족한 공부도 보충했습니다. 그리고 저의 강점인 사회 과목에서 과학 성적을 만회하려고 노력했습니다. 또한 영어에 대한 자신감을 회복하기 위해 '영어 말하기 대회'에 참가하여 해외 봉사 수기를 발표했습니다. 많은 사람들 앞에서 발표를 하고 나니 영어에 대한 두려움도 많이 사라지고 영어 말하기에 대한 자신감도 생겼습니다. 그리고 논리적인 사고 능력과 말하기 능력을 기르기 위해 독서 논술 토론부를 만들었습니다. 다양한 주제를 가지고 글을 조직하고, 이를 토대로 토론하고 발표하는 훈련을 했습니다. 처음엔 미흡했지만 선생님과 친구들의 피드백을 통해 점점 논리적으로 사고하고 유창하게 말할 수 있게 되었습니다. 여기서 배운 것을 바탕으로 친구들과 팀을 이루어 토론 대회에 참가하였습니다. 모든 시선이 집중된 가운데 발언하는 것이 떨렸지만 많은 연습을 했기 때문에 잘 마칠 수 있었고, 결국 교내 토론 대회 금상을 수상하였습니다. 그때 학습하고 단련한 것이 인정받을 때 그 기쁨이 얼마나 값진 것인지 깨닫게 되었고, 이를 계기로 더욱 학업에 매진하여 3학년 과목 화법과 작문, 독서와 문법, 윤리와 사상에서 1등급을 받았고, 화법과 작문과 윤리와 사상에선 교과 우수상을 수상하였습니다. 그 외에도 논술 경시 대회에서도 은상을 받으며 졸업식 날 당당하게 교단에 설 수 있었습니다.

이 글을 입학사정관의 입장에서 읽었을 때 어떤 정보가 유익한 정보라고 생각할까요? 이 학생은 자신이 공부를 열심히 했고 여러 가지 활동도 많이 했으며, 각종 상을 수상했다는 것을 구체적으로 자세히 소개하고 있습니다. 이러한 정보는 이 학생이 열심히 공부하는 학생이라는 인상을 주기에는 충분하다고 할 수 있습니다. 그런데 공부를 열심히 했고 성적이 좋아서 각종 상을 수상했다는 사실은 학생 생활 기록부를 통해서도 파악할 수 있는 내용입니다. 또한 자기소개서를 쓰는 학생들 대부분이 열심히 공부하고 여러 가지 활동을 했으며, 각종 상을 휩쓸었습니다. 그렇다면 이런 내용의 나열만으로는 입학사정관에게 강렬한 인상을 심어 주기가 어렵습니다.

게다가 자신의 수상 실적이나 업적을 나열하는 것은 자칫 자기 자랑으로 비칠 수 있습니다. 만일 어떤 사람이 새로운 모임에 와서 자기소개를 하는데 자신의 활동이나 업적을 길게 나열한다면 어떤 인상을 줄까요? 그 사람이 유능한 사람이라는 인식을 줄 수 있을지는 모르지만 좋은 인상을 주기는 어려울 것입니다. 자기 자랑으로 흐르지 않기 위해서는 자신이 한 활동과 함께 그 활동 과정에서 자신이 배운 것이 무엇인지, 깨닫고 성장한 것이 무엇인지를 소개해야 합니다. 더 중요한 것은 업적이나 수상이 아니라 정신적으로 얼마나 성숙했는지, 자신의 생각과 태도를 보여 주는 것입니다.

다음은 "자신의 성장 과정과 환경이 자신의 삶에 미친 영향에 대해서 쓰시오."라는 질문에 대해 어떤 학생이 쓴 글입니다.

> 새벽 5시, 저희 집 불이 밝는 시간입니다. 아버지께서는 영어를, 어머니께서는 유아교육을 아침 일찍 일어나 공부하셨기 때문입니다. 부모님께 일하면서 공부하는 것이 힘들지 않느냐고 여쭤 본 적이 있습니다. 그러자 부모님께서는 자신이 하고 싶은 일을 하기 위한 것이기 때문에 힘들기보다는 오히려 즐겁다고 말씀해 주셨습니다. 7살이었던 저는 그 말을 이해하기 어려웠습니다. 중3 때 외국어를 좀 더 배우고자 외고 진학이라는 목표를 세웠습니다. 외고에 진학하고 싶다는 목표를 세우고 난 후, 새벽에 일어나서 매일 1시간씩 영어 공부를 했습니다.

이 습관은 다른 사람들보다 1시간씩 더 살고 있는 느낌이 들게 했습니다. 친구들이 제게 새벽에 일어나는 것이 힘들지 않느냐고 물어보면 저는 늘 괜찮다고 대답했습니다. 겉으로는 피곤해 보였을지 몰라도 저는 정말로 외고에 진학하기 위해 영어를 공부하고, 자기소개서를 쓰고, 친구들과 면접을 준비하는 과정이 즐거웠습니다. 저는 외고 진학을 준비하는 과정을 통해 부모님께서 평생 실천을 통해 보여 주신 가르침의 의미를 되새길 수 있었습니다. '목표'와 '노력'은 사람에게 '힘'을 준다는 것, 목표를 향해 꾸준히 노력한다면 그 목표에 언젠가는 닿게 될 것이라는 사실을 말입니다.

사실 저는 제가 처음으로 세운 목표였던 외고 진학에 실패했습니다. 세상의 모든 것을 다 잃은 듯 우울해 하던 제게 아버지께서는 "외고 진학은 네 목표의 끝이 아니라 네 목표를 향한 하나의 과정에 불과하다."라는 문자 한 통을 보내 주셨습니다. 이 문자를 통해 제가 진정으로 하고 싶었던 일은 영어 공부라는 것을 되새겼습니다. 더불어 영어를 배우는 것에 대한 설렘은 잃어버린 채 외고 진학에 실패했다는 것 때문에 스스로를 자책하고 있는 제 모습을 반성했습니다. 또한 외고 진학 실패는 고교 생활 내신을 성실하게 관리하는 동기가 되었습니다. 이후 매 순간을 즐기고 노력한다면 목표를 이룰 수 있다는 제 가치관이 확고해졌고, 이는 제 성실한 고등학교 생활의 원동력이 되었습니다.

이 학생의 글에서는 부모님의 생활신조가 잘 드러나 있고 이러한 가정환경이 학생에게 어떤 영향을 미쳤는지가 분명히 확인됩니다. 목표를 향해 성실하게 노력하는 부모님의 태도가 학생에게도 좋은 영향을 미쳐 목표를 위해서 꾸준히 노력하는 태도를 갖도록 했음을 알 수 있습니다. 또한 외고 진학에 실패했다는 것이 자랑은 아니지만 그 계기를 통해서 보다 성숙한 자세를 갖게 되었음을 보여 주고 있습니다. 성공담의 나열보다는 이런 이야기가 더 입학사정관의 마음을 움직일 가능성이 높습니다. 과장되지 않은 솔직하고 진지한 태도가 오히려 읽는 이에게 좋은 평가를 받을 가능성이 높기 때문입니다.

자기를 소개하는 것은 상대방에게 자기가 어떤 사람인지를 알려 주는 데 목적이 있습니다. 따라서 상대방이 관심을 갖는 부분에 대해서 자신이 어떻게 생각하는지 혹은 자신이 어떤 경험을 해 왔는지를 알려 주면 됩니다. 소개하고자 하는 목적이나 해당 분야를 넘어서 자신의 능력이나 장점을 장황하게 나열할 경우 자칫 자기 자랑으로 흐르기 쉬우니까요. 이것은 대학 입학시험이나 회사의 입사 시험 같은 공식적인 상황만이 아니라 동아리나 친목 모임 같은 비공식적인 상황에서도 마찬가지입니다. 동아리나 친목 모임이라 하더라도 길고 복잡하게 자기 자랑을 늘어놓는 것보다는 그 모임의 목적이나 성격과 관련한 자신의 경험이나 생각을 들려주는 것이 좋습니다.

쓰기연습

1. 다음 글은 어떤 상황에서 자기소개를 한 것인지 추측해 보고, 소개하고자 하는 목적에 맞게 내용을 선정한 것인지 평가해 보세요.

선택의 기로에서 한 걸음

여러분 안녕하십니까? 저는 국어교육학과 신○○입니다. 인생의 새로운 출발을 여러분과 함께하게 되어 기쁩니다.

여기 계신 분들 중 많은 분들이 오래전부터 선생님이 되고 싶어 사범대학에 진학했을 거라 생각합니다. 여러분이 다른 사람을 가르치는 것에 보람을 느끼고, 전공 과목을 좋아해서 사범대학에 진학하셨다면 저는 여러분과 조금 다른 이유로 사범대학에 진학했습니다. 저는 저의 은사님처럼 되고 싶어서 사범대학에 진학했기 때문입니다.

저는 원래 선생님을 목표로 하지 않았습니다. '빅앤트'라는 광고 회사의 CEO이자 크리에이티브 디렉터인 박서원 씨를 롤모델로 삼아 광고인이 되고 싶었습니다. 늦은 밤까지 계속되는 자습 시간에도 빅앤트에서 일하고 있는 저의 모습을 상상하며 공부에 집중했습니다. 그러나 계속되는 입시 스트레스로 인해 몇 번이나 위염에 걸렸습니다. 아무것도 먹을 수도 없고, 교실에 앉아 집중해서 공부도 할 수 없는 악순환이 반복되었습니다. 다른 친구들이 교실에 앉아 공부를 할 때 혼자 보건실에 누워 있었습니다. 속상한 마음을 누군가에게 털어놓고 싶은데 마땅한 사람이 없어 고민하고 있던 중에 중학교 3학년 때 담임 선생님이 생각났습니다. 학생들을 친자식처럼 생각하시던 선생님이라면 제 고민을 털어놓을 수 있겠다는 생각에 무작정 선생님께 연락을 했습니다. 지금 뵐 수 있겠냐는 저의 물음에 흔쾌히 알겠다고 대답하시고 저를 데리러 오셨습니다. 선생님께 고민을 털어놓고 위로를 받으며 용기가 생기고 마음이 따뜻해지는 것을 느꼈습니다. 어떤 일이든 하고 싶은 일을 하는 게 중요하다는 선생님의 격려를 마음속에 새기며 어렴풋이 선생님처럼 제자들에게 위로가 되는, 용기가 되는 선생님이 되는 것도 좋겠다고 생각했습니다.

수능이 끝난 후 대입 원서를 써야 할 때가 오자 저는 치열하게 고민했습니다. 불안정한 광고인의 길보다는 안정적인 길을 원하시던 부모님과의 갈등을 어떻게 해야 할지 몰랐습니다. 그때 문득 제게 용기를 주시던 중학교 3학년 때 담임 선생님의 모습을 보며 선생님이 되는 것도 좋겠다고 생각했던 제 모습이 떠올랐습니다. 진로를 선생님으로 선택한다면 제 자신도, 부모님도 모두 만족할 수 있을 것 같았습니다. 그래서 대입 원서를 모두 사범대학에 냈고, 안동대학 국어교육과에 합격하여 여러분과 함께 이 자리에 있을 수 있었습니다.

비록 지금의 저는 사범대학에 재학 중이지만 제가 너무나도 걷고 싶었던 광고의 길을 쉽게 포기할 수 없기에 선생님과 광고인 사이에서 여전히 갈피를 잡지 못하고 있습니다. 앞으로 제가 어떤 길로 들어설지는 모르지만 그 길이 어떤 길이든 저는 최선을 다할 것입니다. 제가 어떤 길을 선택하던 여러분과 함께하고 싶고, 서로의 미래를 응원해 줄 수 있는 관계가 되었으면 좋겠습니다. 앞으로 잘 부탁드립니다.

청소년 거침없이 글쓰기-실전

초판 1쇄 펴낸날 2016년 8월 10일
초판 2쇄 펴낸날 2017년 2월 27일

지은이 | 김주환
펴낸이 | 홍지연
펴낸곳 | 도서출판 우리학교
편집 | 김영숙 김나윤 소이언 전신애 박지연
디자인 | 남희정
관리 | 김미영
인쇄 | 에스제이 피앤비

등록 | 제313-2009-26호(2009년 1월 5일)
주소 | 04085 서울시 마포구 토정로 46 청우빌딩 6층
전화 | 02-6012-6094~5
팩스 | 02-6012-6092
전자우편 | woorischool@naver.com

값 12,000원

ISBN 979-11-87050-13-1 44800
ISBN 979-11-87050-11-7(세트)